Yankov

Collection animée par Soazig Le Bail,
assistée de Claire Beltier.

ISBN 978-2-36474-453-0

Loi n° 49-956 du 16 juillet 1949 sur les publications destinées à la jeunesse
Maquette : Bärbel Müllbacher

Pour mon père.
Pour David N.

Prologue

Ça commence maintenant.

Parce que avant, ce qu'il y avait avant,
ce qu'on était avant et ce que l'on faisait,
ça n'existe pas.

Parce que après, ce que l'on nous a fait,
ce qu'on a fait de nous, ça ne se peut pas.

Alors il n'y a pas.

Il n'y a que maintenant.

Quand le portail s'ouvre.

Que le ciel s'agenouille.

Les anges apparaissent.

Et je renais !

I. LE CAMP

1

On court dans la panique, il y a des gens qui crient, tout le monde me bouscule, pourtant je cours aussi. Parce que ça fait envie, fait penser à la vie, ces pas précipités, ce vent soufflant l'espoir, cette rumeur sourde qui gronde, grandit et éclate en triomphe :

– C'est la libération !

Mais c'est quoi, la libération ?

Moi, j'ai tout oublié de la liberté…

En tout cas je croyais, car jamais j'y pensais. Pourtant, je sens mon cœur qui se remet à battre. Je n'étais donc pas mort ? Mais non, puisque je bats, puisque je crois, puisque je cours vers…

… des soldats, encore ! Mais ceux-là n'aboient pas, ne frappent pas, ne tueront pas. Ils sont si grands, ont plein de dents, un uniforme nouveau. Certains ont les yeux clairs (mais pas glacés) et d'autres de la peau noire qui brille sur leur visage. Ils sont propres et bons.

De toute leur grande hauteur, ils se penchent vers nous avec de beaux sourires de pitié. Ils nous prennent dans leurs bras de pères, nous soulèvent de terre et nous font doucement danser. Je regarde dans leurs yeux, leurs sourires ont des larmes. Ils savent donc pleurer ? Ils ont beau être grands, ce sont des tout-petits, de vrais soldats bébés ! Moi, le vieil enfant, je ne sais plus pleurer. Et je n'ai que onze ans…

Mais en vrai j'ai cent ans.

Ou bien je suis mort vivant.

Car j'ai tout oublié, des larmes et des rires, des jeux et de la vie.

Pourtant là ma bouche tremble, de chagrin ou de joie, je ne sais pas. D'espoir ?

Parce que ces beaux soldats, ce sont des sauveurs, venus chasser les tueurs. Je ne comprends rien aux mots qui sortent en sautillant de leurs gentilles bouches. Mais ça n'est pas grave. Ils n'aboient pas, ils ne crachent pas, ils ne hurlent pas. Eux, ils chantent.

Leurs mains vont nous soigner, leurs armes vont nous venger, leurs avions nous emmener, ils viennent nous libérer !

Moi, quand je serai grand (si un jour je deviens grand), je serai aviateur, je serai noir américain !

2

C'est pas beau, chez nous à Buchenwald. C'est sale, c'est gris, ça pue les morts. Des baraquements plats, des miradors qui tuent, de longues cheminées et tout autour, des barbelés.

On est abandonnés.

Jamais de fleurs, jamais de couleurs, jamais de bonheur.

Que de la peur et du malheur.

Et nous non plus, on n'est pas beaux. Dans notre baraquement, le numéro 66, il n'y a que des enfants : des petits comme Lolek, qui n'a que trois ans, des moyens comme moi et les autres copains, des grands comme Max ou Avram.

Des enfants, nous ? C'est ce que disent notre âge, notre taille, notre voix. Mais franchement, on dirait pas !

Les enfants, normalement, les enfants d'avant, ils sont jolis, doux et sourires. Ils sont bien nourris et tout propres. On les caresse et ils ronronnent.

Mais dans le camp, il n'y a pas de beaux petits.

Autour de moi, je ne vois qu'un tas de vilaines petites bêtes répugnantes. Des loques rayées, des têtes rasées, des corps malingres et tout courbés. Des crânes pouilleux, des visages crasseux, des nez morveux, des yeux chassieux. Des bouches béantes qui grimacent et crient. Des mains avides qui se tendent brutalement. Des bâtons de jambes qui tremblent en titubant.

On est si laids, si incomplets ! Il nous manque des dents, il nous manque des forces, il nous manque des joues, il nous manque des gens.

Il nous manque de tout.

Même les plus jeunes d'entre nous ressemblent à de vilaines petites bêtes, avec leurs museaux souillés, leurs croûtes hideuses, leurs os saillants.

Un petit, ça doit être rond, un petit d'homme, ça doit sentir bon.

Mais nos petits à nous, ils puent et sont pas beaux.

Et moi aussi je suis comme ça. Bien sûr, pas de glace ni de flaque d'eau dans lesquelles me regarder. Mais pas besoin, même sans miroir je sais bien que je ne suis plus qu'un sale animal malade.

Je n'aime pas mon odeur, qui sent la crasse et le pourri. Je n'aime pas mon corps, qui a mal et faim tout le temps. Je n'aime pas mes mains sans jouets, mes jambes sans bonds, mes pieds de vieux, mon ventre en creux, mon crâne sans cheveux.

Pourtant avant, je m'aimais bien…

Mais chut, il n'y a pas d'avant.

J'ai tout oublié du moi petit enfant.

Il n'existe plus, du tout, le joli petit garçon frais de mon ancien temps, qu'adorait sa maman.

Ici, il n'y a plus de mamans, pour personne, depuis longtemps.

Et sans maman, on peut pas être un enfant.

3

Faim, depuis si longtemps, depuis tout le temps. Manger manger MANGER ! Mais toujours rien, ou presque, que le même vieux pain de paille dur et noir, la même soupe d'épluchures boueuse.

« Patience, ça va venir ! » promettent les soldats américains, et moi je comprends rien mais il y en a qui traduisent en langue de chez nous. « Les rations arrivent. »

Des rations, c'est du manger en plus qui sera pour nous. En les attendant (et j'ai hâte, et c'est long !), on va se laver.

Docilement on se dirige vers les douches en rang, à la suite des soldats, comme une bande de petits zèbres fantômes échappés d'un zoo abandonné. Car ils sont partis, les gardiens cruels qui nous avaient enfermés, enfuies les brutes blondes qui fouettaient nos dos et tuaient nos pères.

Les sauveteurs sont venus et ont ouvert nos cages. Mais nous on reste là, étonnés, effrayés, sans essayer de nous sauver. On sait plus comment c'est, la vie en liberté.

On sait plus si on sait.

Voilà les douches, qui sont des vraies (pas celles qui mentaient et qui ont étouffé presque tous ceux qu'on aimait). Entrés dans le bâtiment, on arrache nos oripeaux puants, nos pyjamas de poussière aux pantalons trop grands, aux vestes trouées. Ces loques-là, plus jamais !

Et on court vers l'eau, chaude et douce, qui inonde ce qui nous reste de corps, nous caresse gentiment de tous ses bras et tous ses doigts, qui nous accueille et nous recueille, nous cajole et nous console.

On s'arrose, on s'éclabousse. Toute l'eau est à nous, il y en a tant qu'on veut, il y en a même en trop ! On a le droit de tout, se laver, s'amuser, gaspiller. Ça fait un grand chahut gai et fou, clair et doux. Tout le monde participe en criant de bonne folie. Tout le monde, même les grands, qui ne rient pas, surtout les petits, qui eux rient trop. Et moi, au milieu d'eux, je fais les deux, je ris un peu.

Coule-moi dessus, bonne eau, coule-moi dedans, toute la vie, lave-moi de tout, chasse la crasse et les cendres, apaise les peines et les plaies. Guéris-moi, mon eau, refais-moi.

Envie de me noyer pour nettoyer, envie de me noyer pour m'oublier.

Moi, je voudrais un bain qui me lave ma vie !

Mais il n'y en a pas, des bains comme ça.

4

On n'est plus des zèbres, on n'est plus des bagnards, on n'est plus des bêtes sales, mais on n'est pas encore de vrais humains.

Parce que les gens, ça a des habits. Et nous, on est tout nus.

Bien sûr, les Américains nous ont proposé des vêtements, mais des vêtements trop grands, des vêtements de géants. Les pantalons traînent au sol, nous empêchant de marcher ; les vestes tombent sur nos mains, nous empêchant de toucher. Ainsi déguisés, on a encore moins l'air d'être des normaux.

Pourquoi ils n'ont rien apporté pour notre taille, notre taille de nains ? Qu'est-ce qu'ils croyaient ? Que c'était une guerre d'hommes ? Ils ne savaient donc pas qu'on y tuait les enfants ?

Ça les embête de ne pas pouvoir nous rhabiller correctement. Alors ils partent autour du camp, dans les maisons, les entrepôts, à la recherche d'habits de petits. Ils cherchent chez les Allemands… et y trouvent, bien sûr, des vêtements allemands.

Des vêtements d'enfants allemands.

Des uniformes. D'enfants. Allemands.

En quantité, tout neufs, impeccables, à notre taille : des centaines de tenues des Jeunesses hitlériennes.

Pour nous ??? Mais on peut pas : on est juifs !

Ce sont des habits pour enfants blonds, pour enfants gras, des habits de petits nazis. Ils ne vont pas nous aller, avec nos yeux trop noirs, nos visages hagards et notre désespoir.

Je n'en veux pas, de leur uniforme maudit ! Je ne veux pas m'habiller allemand, je ne veux pas devenir nazi !

Mais il n'y a rien d'autre à se mettre, sinon, que les vieux pyjamas rayés de la honte. Ou attendre, comme ça, sans rien, comme des pas humains, comme des moins-que-rien.

Et moi je ne veux plus, jamais, être nu.

Personne ne veut plus.

Alors, pour la plupart, on se résigne. On revêt l'habit de mort, on se couvre de haine, on se glisse dans leur peau.

Comme les autres, et malgré mon dégoût, j'enfile cette panoplie de petit apprenti nazi : la veste et la culotte longue au tissu rêche et durci, les boutons trop brillants, le ceinturon ciré, le col pointu et le calot crâneur.

Furieux, humilié, gêné, j'observe mes camarades tout aussi honteux… et soudain j'éclate de rire. Regardez-nous, mais enfin, regardons-nous ! Quelle mauvaise blague, quelle farce énorme, quel pied de nez (mais à qui ?). Une armée déchirante de petits Juifs perdus déguisés en armée écrasante de petits nazis puants… c'est à mourir !

De rire ?

On est devenus eux, alors il faut qu'on fasse comme eux. Allez, on défile ! Lentement, je lève ma jambe haut, puis l'autre, en saccadé, je marche à leur pas, celui de l'oie. Mon bras fait l'Heil Hitler et ma bouche le crie : Aïe Hitler !

Les autres se mettent à rire, et puis Arié m'imite, Mordo, Lev, et tous les autres. Même les plus jeunes essaient mais ils trébuchent, ce sont des petits canards, ils ne savent pas faire les oies. Max, de sa grosse voix, entonne un chant méchant dans un faux allemand hurlant, et tous on l'accompagne en criant, riant, un peu pleurant.

Parce que c'est si bon de pouvoir se moquer d'eux.

Ça y est, c'est fini, ils ne sont plus les maîtres du monde.

Maintenant, c'est nous.

Sauf qu'on a tout perdu.
Et qu'on est tous perdus.
Mais quand même, on est là.
Orphelins, mal en point, malheureux.
Des miettes d'enfants.
Mais vivants.
Et rigolant.

5

MANGER !
Manger, enfin !
Manger sans fin.
Manger la faim.

Il leur a fallu cinq jours, aux rations américaines, pour arriver jusqu'à nous. À croire qu'elles sont venues à la nage d'Amérique. Mais les voilà, en quantité, à volonté, un rêve fou devenu réalité : des boîtes de fer débordantes de viande et de bon gras, du lait, du pain, du chocolat. Du trop, de l'encore, du partout, du plein plein plein, on va enfin être pleins !

Devant cette abondance inespérée, je sens un vent d'avant qui me remplit la tête de souvenirs interdits. Je me souviens, un peu, comment c'était, de manger à une table des repas complets avec des couverts propres et une nappe qui brillait de blanc. Comment c'était, le goût croustillant du poulet rôti, le mou doux de la *mamaliga*, le sucré enveloppant de la compote, le tendre laiteux du *lekker*. Comment c'était, d'avoir une toute petite faim à l'heure du goûter, qu'une tartine de pain frais suffisait à combler.

Je me souviens… de rien, parce que soudain, tout s'oublie. Ne me reste plus que ma bouche remplie de salive et mon ventre rempli de vide. Alors, avec les autres sauvages, je me rue en avant en grondant, bousculant, et me jette enragé sur tout ce bon manger miraculeux, la manne américaine.

À pleines mains, à belles dents, à corps perdu, je sens, je prends, je mords, je déchire et dévore. Comme un chien, un porc, une bête, je mange je mange je bouffe, je bâfre et je me gave, à m'en faire éclater, à m'en faire crever. Je m'en mets plein la panse, plein la gueule, plein la lampe. Je veux m'enfoncer dans le manger, m'y vautrer, m'y noyer.

C'est bon, bon, si bon, très bon, trop bon…

… trop mal, oh mon Dieu comme j'ai mal !

Pourquoi manger, ça fait si mal ?

Tout en moi se soulève et se révolte. Non, bonnes choses, ne partez pas, ne sortez pas de moi ! Reste, belle nourriture, ne me quitte pas !

Mais ma tête tourne folle, ça se bat dans mon ventre, ça me secoue de vagues, me remonte dans la gorge et sort en jets brûlants. Je rends tout, tout ce si bon trop bon qui ne veut pas de moi, ne veut pas rester chez moi. Même le manger ne m'aime pas !

Et quand j'ai tout vomi, vomi à en mourir, je reste à terre pleurant, le ventre encore tremblant, glacé de sueur et de peur, et je m'endors sans rien, vautré dans mon vomi, à me dire que c'est fini, que j'ai perdu ma vie.

Mais au matin, surprise, je suis encore vivant, comme ceux qui ont vomi, ceux qui ont attendu, qui ont été prudents, qui ont su prendre leur temps.

Et les autres, les goinfres, les pressés, les trop affamés, ils sont tous en train de crever.

C'est terrible, quand même, de mourir de trop-plein, après être morts de faim !

6

Petit à petit, on reprend vie. Comme à de vieux bébés, on nous réapprend à être humains. D'abord le laver, puis le manger, et maintenant le coucher.

Toutes les nuits du camp, et ça n'en faisait qu'une, sans fin, sans matin, on dormait entassés sur des paillasses toutes dures, à trois ou quatre par châlit. On se serrait pour avoir du chaud, on se battait pour la couverture. Ça puait, ça grattait, ça gelait. Autour de moi, collés à moi, au-dessus, au-dessous, partout, les autres dans leur sommeil criaient, pleuraient, mouraient.

J'étais si fatigué que je m'endormais comme on tombe dans un gouffre. Je dormais par petits bouts, secoué de peur, crevant de chagrin, en manque d'eux, les miens d'avant. Toute la nuit je me battais contre les rêves noirs qui voulaient me tuer et contre les rêves tendres qui eux me mentaient. Je dormais à la sauvette et rêvais que je me sauvais.

Et au réveil, le jour levé, la nuit continuait, un long cauchemar noir qui était le seul à être vrai.

Mais le matin est venu, finalement, et il s'appelle « *morning* ».

Les Américains décident de nous installer dans des casernes juste en dehors du camp, celles réservées aux SS. Déjà qu'on porte les habits de leurs fils, voilà que maintenant on va coucher dans leurs lits ! Est-ce qu'on va rêver d'eux ? Est-ce qu'on va rêver comme eux ?

Dans ces casernes, il y a des lits, des vrais, des draps, tout propres, un oreiller chacun et même une table de nuit (mais on a rien à poser !). On saute, on tâte, on renifle : on ne se souvenait pas comme c'est joli, un lit…

Le soir venu, allongé dans le calme, je garde les yeux ouverts et ne veux pas dormir. Juste savourer le moelleux du matelas, la place qui est toute à moi, et la fin du cauchemar. Je cherche en moi la peur mais ne la trouve pas. Je caresse les draps qui sentent la maman, je me tourne et retourne pour vérifier que c'est mon lit qu'à moi, je câline l'oreiller à qui je peux dire « merci, dors bien, tu es gentil », l'oreiller qui est mon seul ami.

Parce que moi, sinon, j'ai pas d'amis.

J'en veux pas, j'y crois pas, et j'en aurai jamais.

Bien sûr au camp, il y a des copains, des comme moi, des compagnons d'horreur : Mendel avec sa bouille marrante, Arié qui vient d'où je venais, Lolek qui est tout petit, Max et Isaac les si grands. Et même les autres, ils sont proches, forcément.

Protéger, partager, aider, réchauffer, réconforter, tout ça, ensemble au camp, on l'a fait. Et aussi taper, crier, repousser, voler et détester, ça aussi on l'a fait. Un peu comme des frères, des frères qui n'auraient ni père ni mère.

Ça rapproche, forcément, d'être ensemble à crever.

Mais au fond chacun de nous sait bien qu'ici (ici au camp, ici sur terre), on est tout seul au monde et que c'est chacun pour soi.

Pas avant, non, dans l'avant il y avait des gens, et on s'aimait, on s'aidait, on se souciait et on se protégeait. Mais comme il n'y a plus personne, il n'y a plus d'avant.

Le moi de maintenant, le vrai, le survivant, il est né au camp. Pour tenir, pour survivre, j'ai dû devenir un dur.

Pas quand mon père me tenait, non. Mais après lui, je n'ai plus fait confiance à personne. Tout le monde voulait me prendre mon pain, ma place sur le châlit, ma chance de rester en vie. Fallait bien que je me coupe, fallait que je me méfie. Que je sauve ma peau, et pas la peau des autres.

Alors, même s'ils disent que tout ça c'est fini, même si c'est calme de dormir ici au milieu des autres qui dorment aussi, moi je sais que je suis quelqu'un de tout seul.

En fait, je suis même pas quelqu'un.

Je suis que tout seul.

7

Seul parce que j'ai perdu mon père et me suis perdu sans père.

Dans l'autre camp, le plus long, qui s'appelait Auschwitz, et au début de ce camp-ci, j'étais avec lui, alors, j'étais : un enfant puisque le sien ; un vivant puisqu'il veillait ; important puisqu'il m'aimait.

Quand on est le fils de quelqu'un, on existe. On a un nom : le sien. Il connaît votre prénom, qu'il avait choisi quand votre vie commençait, pleine de jolies promesses qui ont été trahies. C'est comme ça qu'il vous appelle : Yankov, avec une voix qui console. Pas avec un surnom de prison donné par des prisonniers, pas avec un numéro de bestiau donné par des geôliers.

Maintenant, qui sait mon nom ?

Du nous tous d'avant, il n'y avait plus que nous deux, et deux, c'est pas beaucoup pour une famille. Alors justement, il fallait rester forts et se serrer très fort. Et dire leurs noms, penser à eux, grands-pères, oncles et cousins, elles, grands-mères, tantes et cousines, ELLES, petite mère et bébé sœur, parler d'eux tous et les pleurer.

Tout seul, je n'ose pas. Peur de me mettre à hurler sans pouvoir m'arrêter, peur de tomber dans le trou qu'ils ont creusé en moi, peur que mes larmes m'étouffent et me noient.

Alors je n'y pense pas. J'ai fermé la porte du chagrin, dont mon père avait la clé. Ses souvenirs faisaient vivre les miens. Sans lui, je les ai tous oubliés.

Et puis un père, ça tient, ça aide, ça protège. Il était mon ange gardien qui empêchait les démons de m'emporter. Il me donnait son pain même s'il mourait de faim, m'enveloppait de sa couverture quand lui il grelottait. Au premier camp, il prenait mon travail en plus du sien, alors que déjà il tombait.

Il faisait barrage entre la mort et moi, il était lumière au sein de la nuit noire. Il chauffait mes mains et m'offrait une petite bulle de paix. Dans laquelle je m'endormais, pelotonné dans son ombre, tandis que son sommeil veillait le mien.

Mais arrivés ici, il m'a lâché, caché avec les autres enfants dans le baraquement 66. C'était pour me sauver, mais il n'aurait pas dû ! Parce que les tueurs en ont profité pour me le tuer. Et tuer, du même coup, le moi qui était son fils.

Peu à peu je l'ai vu se faner, s'étioler, s'effacer. Quand il venait me voir, je le trouvais si maigre qu'il me faisait à la fois peur et peine. Un père, c'est fort normalement, c'est grand, c'est important. Mais lui, de jour en jour il devenait plus faible et il disparaissait.

Il avait des yeux qui brûlaient, des mains qui tremblaient, des mots qui déliraient. C'était mon tour de le nourrir, le réconforter, le protéger. J'étais devenu son père : mais j'étais son enfant ! Apporter de l'eau, sécher les larmes, donner du courage, c'est le travail d'un papa !

Un père qui protège pas, un père qu'on protège soi, ça sert à quoi ?

Et puis un soir, au retour du travail, il est tombé. À coups de gueule, de pied, de crosse, à coups de revolver, des soldats se sont acharnés sur lui. Caché dans l'ombre, derrière le baraquement, j'ai tout vu de la fin de l'homme qui était mon père. Je l'ai vu se faire tuer, je l'ai vu les laisser le tuer. Il les a pas empêchés, il les a pas frappés ! En moi une voix criait : Papa, vas-y, bats-les, défends-toi, Papa, tue-les !

Mais c'est lui qu'on a tué.

Sous les yeux de son garçon.

Et j'ai rien pu faire, juste le regarder se faire tuer, sans pouvoir l'aider, sans pouvoir le sauver.

Une fois les bêtes parties, je me suis approché à pas peureux du petit tas de mon père qui mourait dans un coin. Il ne restait de lui que des vêtements vides, un corps raide et durci, des yeux qui se fermaient et ne me verraient plus, un feu qui s'éteignait et ne me réchaufferait plus.

J'avais tout perdu de mon père.

Parce qu'un père sur lequel on crache et qu'on roue de coups, un père qui titube et tombe, un père qui se laisse tuer, qui ose mourir sans vous, un père qui part sans vous, un père qui abandonne, ce n'est pas un père.

Tant qu'il était avec moi, j'avais une lumière qui me chauffait les doigts, j'avais un peu de cœur qui se battait en moi.

Maintenant c'est le grand froid, et il n'y a plus que moi pour moi.

Parce que j'ai plus de papa.

8

Deux mois longs et lents passent dans le camp libéré.

Mais nous on ne l'est pas. Pas encore.

Quand même, c'est bien et ça fait du bien de manger, respirer, reposer, espérer. On joue, on parle, on attend. On grossit et guérit, on dort, on court, on rit. On redevient un peu petits.

Et enfin, un très beau jour, arrive ce qui s'appelle « l'ordre de libération ».

C'est un ordre, ça ? Ah ben, je l'aime cet ordre-là, je veux bien lui obéir !

Grâce à lui on va redevenir des gens, on ne sera plus des bêtes emprisonnées.

On nous réunit, tous assis, pour nous donner l'ordre de nous libérer. Je me dis que peut-être, une fois l'ordre donné, tout le monde va se lever et se mettre à courir !

En fait c'est pas comme ça, ils font juste un appel. Mais pas l'appel des Allemands, qui n'en finissait pas, debout dans le froid, avec des tas de gens qui tombaient et mouraient : un appel d'esclaves, de bêtes de troupeau. L'appel de maintenant, il est gai, sous le soleil, sans peur et sans personne qui meurt. C'est un appel de vie, un appel de libres.

J'entends les noms qui coulent et patiemment j'attends. Quand ce sera le mien, quand on me rendra libre ?

Mais j'attends longtemps, j'attends en vain, j'attends pour rien. Mon nom ne vient jamais…

Soudain s'élève dans le ciel un nom que je connais : c'est celui de mon père. Je regarde autour de moi, peut-être qu'il serait là ? Revenant, revenu ? Mais non, personne ne se lève, personne ne répond. Ce nom et ce prénom, ils ont perdu leur maître : ils ont perdu mon père.

Et maintenant, ça va être mon tour ? Parce que son nom, forcément, c'est aussi mon nom, il y a plus qu'à y mettre mon prénom. Et quand on les appellera, moi au moins, je serai là !

Sauf qu'on ne m'appelle pas.

Je n'existe même pas…

Mais lui, qui est mort, si.

Faut que j'aille le libérer !

Alors je me lève, moi le pas appelé, le sans nom, le personne, pour que le nom de mon père ne meure pas en plus de lui. Je m'approche des gens des listes et leur dis que je suis lui (mais c'est pas vrai !). Et eux, ils me croient et me demandent de signer.

Signer ? Mais je sais pas signer ! Je l'ai encore jamais fait. Pourtant, il faut, sinon on est pas libéré.

Alors je prends le stylo et j'écris mon nom avec son prénom, un prénom fort, un prénom que de père, pas de gosse malheureux, pas un prénom d'orphelin. J'essaie de signer en homme mais mon écriture tremble et mes lettres sont toutes de travers (elles me ressemblent).

C'est de la triche, ça fait pas vrai, ça fait pas lui, ça va pas avec lui.

Mais c'est normal, moi je suis pas lui.

Je suis bien trop petit, j'ai trop besoin de lui.

Et puis de toute façon, je ne veux pas. Car si je deviens mon père, qui ça sera, son fils ?

Ça sera la vie de qui, la sale vie que je vis ?

Sans bouger je regarde ma signature mentie qui, elle seule, peut libérer mon père. C'est fort quand même de pouvoir faire ça, c'est beau.

Alors je me dis que ça va, c'est bien, j'ai bien fait. Je ne suis pas lui, mais quand même, je viens de lui. Un fils, ça a bien le droit d'aider un peu son père.

Très vite je me penche vers le registre et doucement je chuchote à son nom : « Tu vois papa, je suis là, je reste ici pour toi. Je ne prendrai pas ta place, mais je veux bien prendre ta suite. Je vais essayer de vivre pour continuer ta vie. »

Et je m'éloigne, tout seul, avec son nom serré contre moi et des larmes qui tombent. C'est un peu au revoir, et je sens la chaleur de sa main qui repose sur ma tête.

Ça fait triste mais bon. Ça fait un peu moins seul.

Grâce à moi, Aaron Zeligman est libre.

Mais Yankov, lui, il sera pas libéré ?

9

En fait, si. Même sans signer, sans nom marqué, je peux m'en aller. Pour moi aussi c'en est fini de la (non) vie de déporté. Peut-être que je serai jamais libéré, mais je m'en fous : je suis libre !

Et je ris à cette idée. Je bondis. Je frétille.

Je sens des ailes me gratter dans le dos pour pouvoir sortir. Elles voudraient se déployer et m'envoler loin, loin !

Mais où aller ?

Personne ne sait, sauf peut-être le vent. Alors je lève le nez et le laisse me caresser en écoutant ses promesses chuchotées.

Au-dessus du camp, le ciel est revenu, si vaste et sans barrières. On peut s'y promener et rêver d'un jour le visiter.

Peut-être que le vent va se pencher vers moi, qu'il me prendra dans ses bras et qu'il m'emportera. Loin d'ici maudit, où il n'y avait pas de vie, où il faisait trop froid, trop faim, trop mal, où j'ai crevé de peine et de seul.

Peut-être qu'ailleurs il y a du soleil et des jardins de paix, où je pourrai m'arrêter de mourir, (re)commencer à courir.

Mais quel ailleurs ? Il y en a tant qui existent...

Dans le camp circulent des listes où il faut s'inscrire, en dessous du nom de pays exotiques : la Suède, la France, la Belgique.

C'est où ces pays-là ? C'est chez qui ?

Moi, j'aimerais bien l'Amérique, pour devenir soldat, grandir très vite, monter dans mon avion et être un bel homme noir. Mais pour là-bas, il n'y a pas de liste. Peut-être que si j'attends, ça viendra ?

Mais je ne veux pas attendre, je n'ai pas du tout confiance. Trop peur que la porte qui vient de s'entrouvrir se referme en claquant avant que j'aie pu m'enfuir.

Ou sinon, je pourrais peut-être revenir ? Il y en a qui ont envie de ça, repartir vers chez nous, ou dans leur chez-eux à eux. Retrouver leur maison (mais on n'a plus de maison), rechercher leur famille (mais elles sont toutes tuées), reprendre la vie laissée (mais elle a disparu).

Alors non, j'irai pas.

Parce que dans ce là-bas de l'avant, il n'y a plus rien qui m'attend, plus personne qui me veut comme enfant. J'ai perdu mon pays, parce que lui m'a perdu : il m'a chassé, maltraité, vendu ; il ne m'a pas défendu.

Mon pays est devenu étranger.

Et moi partout un étranger.

Alors je n'en veux plus non plus, de mon pays perdu.

Ce sera donc autre part, un pays au hasard, où on parlera bizarre, et je ne comprendrai pas.

Pourtant, j'en connais, des langues : trois.

Une pas très bien, mais c'était pas pressé parce que c'était la langue du Livre. Il me restait du temps avant que j'aie mes treize ans. Mais plus maintenant : on m'a fait perdre tout mon temps.

Les deux autres, je les parlais tous les jours : une à la maison, la langue de famille ; l'autre à l'école, la langue du pays.

Celle-là, le roumain, elle ne me servira plus, puisque j'y retournerai plus. J'aimerais bien l'oublier, mais je n'y arrive pas. On ne peut pas pas entendre quand les mots entrent, on ne peut pas pas comprendre quand on comprend, on ne peut pas pas répondre aux questions, si c'est dans une langue qui vous appartenait.

Comment oublier son parler ?

Heureusement l'autre, le yiddish, la langue de famille, elle sert beaucoup ici, parce que c'était la langue de plein d'autres familles. Elle reste, même sans famille. C'est avec elle qu'on se parle entre nous, avec pas le même accent, avec parfois des mots différents. Mais bon, on se comprend.

Seulement, le yiddish, je crois pas qu'on le parle beaucoup en France.

Parce que la France, c'est là que j'ai décidé. Ils veulent bien plein d'enfants, alors avec les copains on a décidé de s'y inscrire. De toute façon, c'est pas pour longtemps. Après, on repartira.

Mais pour l'instant, ça va. Même si je parle pas leur langue de français. C'est pas grave, je parlerai pas. Ou j'apprendrai. On verra.

En tout cas, je suis bien content d'aller dans un pays comme ça, un pays que je ne connais pas, et qui a un joli nom frais.

Mais c'est où, la France ?

II. NULLE PART

10

Ça y est, on part !

On s'enfuit, on s'en fuit, enfin ! On fuit la faim, notre presque fin.

Les Américains nous mettent en rangs, des rangs pas droits qui débordent et gondolent, des rangs qui rient et crient. De joie, d'impatience, d'urgence. Vite vite partir, partir tout de suite, partir d'ici, le camp maudit ! On sautille, on s'excite, on se pousse gentiment, on attend impatients. C'est quand, quand, QUAND, qu'on quitte le camp ?

Maintenant !

Les rangs s'ébranlent, cahotants, pétulants. Toute une troupe joyeuse de vieux petits clowns moches, maigres et miteux, qui gesticulent hilares dans leurs pyjamas sales et leurs ridicules déguisement allemands.

Et moi, je cours en tête, plus vite que le vent, heureux pour la première fois depuis la nuit des temps. Je veux être le premier à monter dans le bel avion blanc. Les anges noirs aux sourires éclatants vont venir me chercher, ils me prendront dans leurs bras et me poseront sur l'aile de leur oiseau. Et l'avion m'arrachera de ce sol maudit, de cette terre pourrie, il m'envolera haut, là-haut, tout là-haut, dans un air bleu et bon qui me fera tout neuf.

Mais non. Je m'envole pas.

Pas d'ailes, pas d'air, pas le ciel.

Que la même vieille terre et un chemin de fer.

Devant moi, encore une fois, des rails, des wagons, une gare.

On continue le même voyage…

Mes pieds s'arrêtent de courir, mes ailes retombent toutes molles, mes yeux ne voient plus que de l'eau.

C'est pas encore aujourd'hui que je pourrai m'envoler.

Car pour aller en France, il faut prendre le train.

Et moi, j'aime plus les trains.

Avant, oui, j'aimais bien, les petits des visites, les plus grands des vacances. On pouvait s'y asseoir à l'aise, se jeter à peine assis sur le manger que maman avait mis dans un panier. Le front contre la vitre fraîche qui tremblait, je regardais le joli paysage de vaches et d'herbe fleurie, de montagnes douces et de villages fatigués. Les gens dehors faisaient des signes et des sourires, comme si nous, les gens du train, on était importants.

Et puis le soir, ou une semaine plus tard, on revenait. Le train de ce temps-là, on le prenait deux fois. Il y avait toujours un retour qui allait avec l'aller. On retrouvait la maison, notre vie, on restait nous.

Mais pas les trains d'après. Ceux-là, ils ne revenaient pas. Ils nous ont emportés et jamais ramenés.

Rien à boire et on avait si soif ! Rien à manger et on crevait de faim. Pas de sièges pour s'asseoir, pas de place pour s'allonger, pourtant si fatigués. Pas de fenêtre pour voir la vie passer.

Serré contre mon père, dressé pour respirer, je voyais juste la vie s'arrêter.

Car autour de moi, par-dessus, en dessous, tant de monde mourait ! On était tous entassés, tout étouffés. À pleurer, à crier, à tomber, à sombrer. Ça sentait la merde, la pisse et le vomi, ça puait.

La mort, ça pue.

C'est lourd les corps qui s'écroulent sur vous, c'est mou les corps qui se couchent sous vous. Ça rend fou, ça désespère, la mort en foule dans les wagons.

Mais moi, je ne mourais pas. Mon père me serrait fort pour me tenir vivant, il me parlait tout le temps, et il touchait maman. Qui berçait sans arrêt le petit corps immobile, si tranquille, de mon bébé sœur qui ne voulait plus pleurer.

Ce train-là de la mort, il n'est jamais rentré.

Je ne veux plus y penser.

Parce que, si j'y pense trop, je ne voudrai pas monter dans celui qui m'attend, ce train de France, un train vivant. Pourtant, j'ai peur de le prendre et je suis fatigué. J'aurais tellement voulu partir par le haut, partir en beau, en nouveau. Mais pas le droit. Les belles choses, c'est jamais pour moi…

Je dois encore prendre un train qui n'a qu'une direction.

Et moi, j'aime pas les trains qui ne font qu'aller.

Sauf peut-être celui-là. Parce que si je le prends, je vais enfin m'en aller !

11

À l'attaque !

Comme des petits Indiens déplumés, on se jette sur le train, on le grimpe en gaie pagaille, on se course à petits cris, on se pousse et on pouffe. On fait les fous, les fous de joie. Parce que c'est le train de l'ailleurs, le train du partir, le train de nous libres !

On peut se mettre où on veut, à côté de qui on veut, choisir le siège qui nous plaît. Mais moi, je veux rester debout et me sentir partir, je veux rester dehors et voir le camp finir.

Alors, avec plein d'autres, au lieu de s'asseoir sage, on se masse et se pousse sur le marchepied, on s'accroche aux barres comme des grappes de petits raisins surs et secs. Le train s'ébranle et prend de la vitesse, on hurle, on gesticule, on manque même de tomber. Mais on tombe pas, non, on tombe même pas !

En moi se lève une joie sauvage. C'est bon de sentir l'Allemagne me lâcher, c'est fort d'en partir debout dans le grand vent, fier et vainqueur, en libre voyageur !

Après, quand même, je suis bien fatigué. Je vais un peu m'asseoir mais pas envie de parler. Je me promène dans les couloirs, reviens, me rassieds, me relève. J'ouvre grand la fenêtre et en sors ma tête, je me penche au-dehors en agitant mes bras qui sont de petites ailes. Une brise gentille me caresse les joues, envie de manger l'air propre, de me noyer de vitesse. Le cœur tout gonflé, je crie des mots de vent qui s'envolent vivement. Adieu malheur, enfer, adieu sale mort ! Jamais je ne remettrai les pieds ici, jamais je ne reperdrai ma vie ici. L'Allemagne, pour moi, ça sera toujours fini.

Le train s'est arrêté dans la campagne fleurie. Ici, malgré la guerre, c'est resté bien joli.

À Buchenwald aussi, il y avait un peu de beauté. Pas à l'intérieur du camp, non, chez nous ce n'était que du décor de mort. Pire encore à Auschwitz, là, ils avaient tout tué, dedans dehors partout, jusqu'au-dessus de nous où mourait la fumée. Même les arbres avaient peur, et derrière les barbelés il n'y avait que du rien, du désert, personne pour nous sauver, personne pour nous regarder crever.

Mais à Buchenwald, autour du camp, il restait de la nature. Le soir parfois des biches venaient nous regarder, avec leurs yeux noyés et leur tendre beauté. Elles broutaient tristement et moi je leur parlais, mais jamais, jamais elles ne me répondaient. Et à la nuit tombée, lentement, elles repartaient sans même se retourner.

Les biches de Buchenwald ne m'ont pas emmené.

Pendant les longues heures de l'appel, je levais les yeux au ciel flamboyant des couleurs magnifiques du soir et du matin, sans comprendre. La vie était si laide, l'appel était si long et ma peine si lourde. Pourquoi dans le ciel tant de beauté ?

C'était pour se moquer ?

Le ciel jamais ne nous a regardés.

Je croyais que pour moi la nature, c'était fini, que j'en aurais plus jamais, qu'elle ferait que me narguer.

Mais non, je me trompais. Elle veut bien de moi.

Alors avec les copains je descends du train qui attend tranquillement. Je cours cours cours dans le vent caressant, me roule dans le vert de l'herbe, embrasse le tronc fort des arbres et cueille un petit bouquet.

J'ai de nouveau le droit d'avoir les mains en fleur !

12

Remontés, reparti, arrêté, descendus, promenés, remontés, reparti, arrêté arrêté arrêté… C'est trop lent, c'est trop long, ce train roule trop doucement, il stoppe tout le temps. Ça fait comme un maléfice, on dirait qu'on n'arrivera jamais à quitter l'Allemagne, qu'elle ne veut pas nous lâcher. Laissez-nous sortir !

Mais non, on reste en suspens dans le train en train de partir mais qui n'y arrive pas, des heures à attendre, le ventre de plus en plus creux. Et ce n'est pas le bout de pain et la pomme qu'on nous a distribués qui vont calmer cette faim que j'ai là, sauvage au fond de moi. Ça fait trois ans que j'ai faim !

Le soir tombe un petit peu. Au loin, derrière les arbres, j'aperçois une ferme qui se repose tranquille. Peut-être qu'elle a des vaches, peut-être qu'elle est riche, avec trop à manger ?

Je regarde Arié et, sans dire un mot, on se décide. On saute au bas du train et on part en courant, tout droit, comme des flèches, dans le soleil couchant. Arrivés devant la ferme, on pousse le portail, on rentre dans la cour et le chien nous déteste. C'est normal : c'est un berger allemand ! Heureusement qu'il est attaché. On le laisse s'étrangler tout seul et on entre dans le bâtiment.

Immédiatement c'est la cuisine, grande et sombre, avec dedans plein de gens allemands, et aussi des enfants. Moi, j'avais jamais vu des enfants allemands, je savais même pas que ça existait. Je croyais qu'il n'y avait que des grands et qu'ils étaient tous méchants. Tous les Allemands que j'ai vus, c'étaient que des soldats. Tous des nazis.

Mais ceux-là, je crois pas, enfin, je sais pas. En tout cas ils ne nous frappent pas et ils ne crient pas. D'ailleurs, ils ne nous parlent même pas. Ils se sont arrêtés de manger et ne font que nous regarder, les cuillères dans la soupe, le pain dans les mains, le ragoût sur la table qui attend… qui m'attend !

Arié et moi, on se jette dessus, on prend tout ce qu'on peut, on se sert à pleines mains, de la viande chaude qui fond, des poignées de pommes de terre qui remplissent mon vide et des tartines épaisses trempées de bonne sauce.

On mange férocement sous les regards mauvais et les marmonnements allemands. Je vois bien, j'entends, qu'ils ne sont pas contents. Mais ils ne peuvent rien nous faire, parce que maintenant ils ont tout perdu et qu'ils sont des vaincus.

Et c'est nous les vainqueurs !

Même si ça ne se voit pas…

Une fois nos ventres pleins, on prend ce qu'on veut, ce qu'on voit. On bourre nos poches et on remplit nos mains de pain bien croustillant, de prunes de soleil, de fromage jaune pâle et d'un petit pot de miel.

Et on se sauve en ricanant, tout fiers de ce qu'on a fait.

Sauf qu'en moi, tout au fond, il y a quelqu'un qu'est pas fier, quelqu'un qui a très honte et dont la petite voix chuchote : « C'est pas bien. »

Mais si, c'est bien ! Voler le voleur, c'est pas voler ! C'est reprendre, récupérer. Alors on a bien le droit. Et même peut-être qu'on doit ?

Parce que ça venge.

Eux, ils m'ont tout volé : ma maison, ma famille, mon pays, mon enfance. Ils m'ont volé ma vie. Alors, quand même, j'ai bien le droit de leur prendre un petit bout de pain…

Sauf que ça me rendra rien.

Et que ça fait même pas de bien.

Dans un coin sombre du train reparti, je dévore tout ce que j'ai emporté. Pourtant, c'est pas très bon, la nourriture volée. Elle se coince dans ma gorge, essaie de m'étouffer, et brûle mon ventre sans le rassasier. Et même le pot de miel a un petit goût amer…

Mais au moins j'ai plus faim.
Seulement très mal au cœur…

13

Et finalement enfin, c'est fait ! On passe la frontière. On laisse à tout jamais derrière la bête, la laide, la cruelle terre de l'enfer.

Je suis à la fenêtre, le corps presque en dehors, penché à m'envoler. Et je crie à tue-tête pour saluer la France, et je lance vers le ciel mon chant de réjouissance. L'Allemagne est derrière moi et ne me rattrapera pas. Devant moi il y a… je sais pas. Je ne sais rien de ce qui m'attend.

En fait, c'est rien.

Rien ne m'attend.

Et personne me veut. Ni moi ni les autres.

Parce que les gens de France, qu'on croyait des gentils, en nous voyant passer, ils nous crachent dessus, nous couvrent de mots durs et de sales hurlements. Des hurlements français, alors c'est moins violent, mais ça fait mal quand même, parce que c'est de la haine.

Moi j'y comprends plus rien. Alors vraiment, personne nous aime ? On sera toujours maudits ? Pourquoi on a pas d'amis ?

Pourtant on leur a rien fait, aux Français !

Aux Allemands non plus d'ailleurs, on leur avait rien fait. À personne on a jamais rien fait, mais toujours on nous hait.

Ça sera jamais fini. Même ici, même ailleurs, partout on veut pas de nous.

Et moi qui étais si content, je me sens révolté d'être encore une fois traité comme les Allemands nous traitaient.

Ou plutôt, d'être traités comme si on était allemands !

Parce que c'est ça qu'ils crient : « Sales boches ! », « Ordures de Fritz ! », « À mort les nazis ! »

Alors c'est ça qu'ils croient ? Qu'on est des Fritz, nous, les Juifs ? C'est à cause de nos uniformes ennemis ! Ils ne voient donc pas qu'on est des petits enfants, pas des soldats allemands ? Qu'on est des amis, pas des nazis ?

Comment leur faire comprendre ? Parler ne sert à rien, sourire non plus, ni agiter les mains.

Heureusement, dans une gare, on trouve un pot de peinture blanche. On trempe nos doigts dedans et sur le wagon on trace, en grandes lettres tremblantes :

HITLER KAPUTT!
pour qu'ils sachent dans quel camp on est,

K.L. BUCHENWALD
pour qu'ils sachent de quel camp on vient,

WAISEN
pour qu'ils sachent ce qu'après le camp
on est :

des orphelins.

14

Un château !

On va vivre dans un château !

Nous qui étions des riens, on va devenir des rois.

Devant nous, les loqueteux, se dresse un château blanc aux mille fenêtres. Autour, un parc immense avec même une fontaine. Tant de beau, après tant de boue. Tout ça pour nous ?

Eh oui, tout pour nous, tout à nous. Car tout nous est dû. On a eu la vie si dure, c'est normal que maintenant on l'ait enfin douce.

Alors on entre en conquérants, en maîtres des lieux. On s'installe, on prend nos aises, sans s'étonner et sans remercier.

Merci pour quoi ? Merci à qui ?

Pas à ces gens tous plus vieux qui nous sourient niaisement avec des mots onctueux et des regards de pitié. J'ai envie de les frapper, de les griffer, de leur cracher : que j'en ai rien à faire de leur gentillesse bête, qu'ils ne connaissent rien de l'enfer d'où je viens, que je suis libre maintenant et n'ai pas besoin d'eux. Ils peuvent toujours attendre : jamais je ne sourirai à leurs sourires, ne répondrai à leurs questions, ne saisirai la main qu'ils me tendent. Bas les pattes ! Laissez-moi, et même, oubliez-moi ! Je veux vivre comme je veux, sans personne qui me décide. C'est moi mon chef, maintenant !

Mais non. Toujours pas. En fait, on n'est jamais libre.

Ici c'est propre, c'est clair, c'est grand. On n'y meurt pas, on ne nous tue pas. Mais on y vit quand même un peu comme au camp.

D'abord à cause du commandement.

En plus du directeur sévère, il y a des moniteurs, qui sont comme des gardiens qui feraient semblant d'être gentils. C'est vrai, ils ne frappent pas, ne crient presque pas ; mais on dirait qu'ils essaient de nous pêcher avec leurs sourires. On ne va pas se laisser attraper ! Ils sont là pour garder et pour nous empêcher : de vivre, de voler, de faire tout ce qu'on voudrait. Alors c'est décidé, personne va les aimer.

Mais on est bien forcés de leur obéir. C'est rageant d'avoir de la liberté qui est emprisonnée ! Ça sert à rien d'être partis si on peut pas profiter. Si on peut pas repartir. Si on est même obligés d'obéir pour dormir.

Dans le château, il y a plein de grandes chambres qui pourraient être belles. Mais on nous y enferme comme dans les baraquements. C'est comme au camp, on peut pas choisir son voisin de lit, on peut même pas choisir ses amis.

Parce qu'ils nous ont séparés par âge, comme si ça voulait dire quelque chose. Alors qu'on n'a pas d'âge ! Nous sommes tous de vieux enfants, pas des petits, des moyens et des grands.

Je voudrais qu'on me laisse tout seul.

Mais on me force à dormir avec des gosses que je n'ai pas choisis, qui crient dans leur sommeil en appelant leur mère. Ça sert à rien d'appeler, ça fait que nous réveiller et ça me donne envie de taper. Tais-toi, ferme-la, tout le monde dort, tout le monde est mort !

Et puis, je n'ai rien à leur dire. Dans ce dortoir-prison, il n'y a personne qui parle la langue qui était à moi. C'est tous des étrangers que je connais même pas. On n'est jamais morts ensemble.

Dans le dortoir d'à côté, il y a Arié et Naftali, eux ils savent me comprendre et me parler mes mots. Mais on dort pas ensemble dans le chaud de notre langue. Le soir, quand j'attends, je dois me chuchoter tout seul pour me bercer.

Il n'y a pas non plus les autres copains, Max le grand qui est fort et qui m'a protégé, Lolek le tout petit que moi je protégeais. Et Shmulik, et Mendel, avec qui au camp de travail je jouais, je me battais, je riais, je crevais.

Avec eux, je pourrais un peu rire, on se bousculerait, le soir on s'amuserait, le matin on s'épaulerait, comme on l'a toujours fait. Mais non, ils ne sont pas là. Tous mes copains dorment loin.

Ceux qui sont là, je les aime pas, j'en veux pas. Je ne supporte pas qu'ils me voient perdu, qu'ils entendent mes tristesses, qu'ils vivent à côté de moi qui n'y arrive pas. Je ne veux pas partager leur air, leur vie, leur nuit !

Alors je les frappe un peu, leur dis des mots hargneux. Et puis je me cache furieux tout au fond de mon lit, qui n'est pas une paillasse, qui est propre et joli, mais qui sent le tout seul.

Et toute la nuit de toutes les nuits, je pleure, sans larmes et sans lumière, noyé de désespoir.

15

Et puis vient le matin d'encore une journée dans ce château trop beau qui sera jamais chez nous.

On n'est plus au camp mais pas non plus en paix. Où on est, en fait ? C'est quoi, là ? Qu'est-ce qu'on y fait, pourquoi on reste ? Depuis qu'on y est, on dirait qu'on n'existe pas.

Ici, c'est nulle part.

Mais même nulle part, il faut vivre, se laver, s'habiller et manger.

Manger, on y pense tout le temps, la peur de manquer, le vide qui panique, le ventre qui crie. Ma faim est restée grosse, elle ne s'arrêtera jamais.

Ici, du manger il y en a, mais du moins bon que le manger américain. C'était bien mieux au camp ! La viande qu'on nous donne est dure et pas beaucoup, la soupe toujours la même, les pommes de terre tout le temps, les gâteaux presque jamais. Pourtant, ça consolerait… Et ils nous comptent même les morceaux de pain !

Ça, je supporte pas, c'est eux qui distribuent, on se croirait au camp. L'autre jour on a crié, on veut la miche entière sur la table et nous servir nous-mêmes, comme des humains. Pas qu'on nous jette un morceau comme à des chiens.

Ils ne voulaient pas, mais on criait tellement que finalement ils ont cédé. Parfois, on dirait qu'ils ont peur de nous.

Tant mieux.

Maintenant ils mettent le pain au centre et on s'en sert beaucoup. La miche, elle est à nous. Personne d'autre n'y touche.

Parfois il y a des moments du repas qui sont presque amusants. Un midi, ils nous ont servi un fromage horrible qui s'appelle « camembert ». On n'avait jamais rencontré un fromage qui puait autant ! On l'a regardé, méfiants, tâté du bout du doigt, reniflé avec dégoût, personne ne voulait le goûter.

On s'est regardés et on a compris : ils voulaient nous rendre malades, nous empoisonner. Tout le réfectoire s'est énervé et agité. Le directeur est arrivé, essoufflé, avec d'autres moniteurs pour nous calmer. On était sûrs qu'ils allaient nous forcer, nous tuer de camembert ! Alors on les a empoignés et on leur a jetés à la figure, splash ! C'était bien drôle de s'exciter à leur balancer ces gros fromages mous qui s'écrasaient sur leurs gros visages rouges. Tous des puants !

Après, on a été punis, mais c'était pas grave : on avait bien ri et ça faisait longtemps.

Il y a eu un autre moment bien, le jour des petits-suisses. Ça non plus, personne ne connaissait, ces petits escargots blancs et mollassons qui se déroulent lentement et qui savent voler.

C'est pas moi qui ai commencé, mais j'ai bien continué !

C'était facile, fabriqué pour ça. Prendre le petit-suisse dans sa main, tirer délicatement sur le papier autour pour avoir une bonne prise, et puis d'un coup le faire se dérouler en le lançant en avant. Ça fait comme une bombe blanche et douce qui atterrit sur le nez ahuri de qui se trouve devant, un copain, un ennemi, un moniteur ou, mieux, le directeur.

C'était la jolie folie dans le réfectoire, tout le monde tirait et il neigeait comme dans la vraie Suisse. On saignait blanc, rien ne faisait mal, on pouvait se lécher, c'était bon d'être blessé.

Mais cette fois encore ils se sont fâchés. On a dû tout nettoyer et on a plus jamais eu de petits-suisses à manger.

Dommage, c'était très bon.

Parfois j'aimerais bien ne plus être un petit Juif et devenir un petit Suisse…

Mais c'est juste un peu, ces rires et cette gaieté excitée. En général, aux repas, on ne rit pas. On mange le plus possible et le plus vite possible, en surveillant partout, parce qu'il y en a qui volent et ça, je supporte pas.

Un soir, un sale de mon dortoir que j'aime pas m'a pris ma pomme, pensant que je ne voyais pas. Mais moi je vois tout, et je lui ai sauté dessus avec mon couteau bien tendu, je voulais qu'il meure, le porc, et qu'il me rende ma pomme. Je pouvais plus me calmer.

Celui qui a réussi c'est Arié, aidé de Joseph, un moniteur que j'aime un peu. Je pouvais plus manger, plus respirer, alors ils m'ont emmené dehors, on a marché. Après ils m'ont couché et j'ai dormi en fièvre. Au matin, j'ai trouvé deux pommes dans mes souliers, la mienne récupérée et celle qu'Arié m'avait donnée.

C'est mon ami ?

On mange plein mais jamais tout, oh non, on ne finit pas les repas. Surtout pas.

Pas tout manger ce qui est dans l'assiette, en mettre de côté, garder un bout du pain, fourrer les restes dans ses poches, piquer ce qui traîne, tout emporter et bien cacher : ce sont les règles du camp et on doit continuer à les appliquer.

Parce qu'on ne sait pas si on aura un autre repas. Alors faut veiller à faire des provisions, garder du manger pour après, des fois qu'il n'y en ait plus, plus jamais, des fois qu'on soit de nouveau privés, des fois que la faim revienne nous déchirer.

Parce que peut-être la guerre va recommencer.

Alors on doit être prêts pour pas crever. Avec plein de nourriture cachée sous nos matelas et sous nos oreillers.

Moi je crois qu'en nous la guerre n'est pas finie. Qu'elle ne finira pas. Qu'elle sera toujours là.

La guerre, elle est au fond de moi.

16

Elle est aussi tout autour de moi.

La guerre, c'est quand on se bat. Et ici, tout le monde se bat, tout le temps, contre tout le monde.

D'abord, nous contre nous.

Des gosses qui se jettent sur d'autres gosses pour n'importe quoi, pour tout, pour rien.

Parce que l'autre n'est pas du même camp, du même pays, du même village.

Comme si ça comptait !

Mais ça compte. Quand on a tout perdu, ce qu'on a perdu, c'est tout ce qui reste.

Alors, dans les dortoirs tout mélangés, la guerre, le soir, fait rage.

Polonais contre Hongrois, Russes contre Roumains (et moi, dans mon dortoir, je suis seul contre tous).

Varsovie contre Lodz, Budapest contre Mishkilz, Sighet contre Oradea (et moi, dans le château, je suis le seul de Bacau).

Déportés du début, les « anciens » de 42, contre petits nouveaux de 44 ; ceux qui ont le plus souffert contre ceux qui viennent de tout perdre (et moi, sur la terre, je suis le plus malheureux).

Juifs contre Juifs : nous sommes nos meilleurs et plus féroces ennemis.

Et ça, je trouve ça bête : on en a déjà tant !

Souvent je me demande : qu'est-ce que ça peut faire, ces petites différences-là, chez des presque pareils ? Pourquoi on se déteste pour rien, juste pour d'où on vient ?

Peut-être que c'est parce qu'on n'a plus que ça, comme racine : un nom de lieu. Parce qu'on est si seuls qu'on se cherche une famille à laquelle appartenir. Pour se sentir « avec », il faut qu'il y en ait qui soient « dehors ». Qui soient « contre ».

Je ne sais pas pourquoi, mais en tout cas, qu'est-ce qu'on se bat !

Parfois, c'est juste doucement, en passant, presque machinalement. Une petite tape et je te pousse, et tu me rends, et on repart.

D'autres fois, c'est même un peu marrant. Dans mon dortoir, quand il y en a qui ronflent, on prend un hareng volé à la cuisine et on leur met sous le nez. On les chatouille avec, il y a leurs narines qui tremblent, et ils se réveillent en éternuant, en crachant et en nous maudissant.

Et puis, quand on s'ennuie la nuit, qu'on est plusieurs réveillés, on enflamme des bouts de papier qu'on place entre les doigts des dormeurs. On parie sur eux comme si c'était des chevaux : qui c'est qui va brûler le plus longtemps avant de se réveiller en hurlant.

Une fois, un tout maigre et qui parle à personne a brûlé si longtemps que ça puait comme au camp. C'était plus si marrant de voir sa main fumer. On l'a secoué pour le réveiller, mais il ne voulait pas ouvrir les yeux. Alors on l'a éteint. Je sais pas pourquoi il sentait rien. Moi, j'ai senti pour lui. Depuis, je ne mets plus le feu à personne.

Et je m'endors le dernier pour que personne ne m'enflamme.

D'autres fois, ce n'est ni doucement ni marrant. Ça monte en strident et ça devient sauvage.

J'adore ces moments-là, faits de sang et de rage.

Je m'en fiche de la raison ou qu'il n'y ait pas de raison. Ce qui compte, c'est cette vapeur rouge qui me remplit les yeux, ce cœur tambour qui bat dans ma poitrine, la force qui me vibre, le cri qui me déchire.

J'ai tant de haine à jeter au monde, tant de chagrin à étouffer, tant de vengeances à commencer !

Quand je frappe, ça m'explose, ça me brûle et me lave.
Faire et avoir mal me fait du bien.
Il n'y a que quand on se bat à mort que je me sens vivant.

Mais après, non, après, je me sens sale et petit. J'ai un mauvais goût dans la bouche, les mains qui tremblent et honte d'être animal.
Si mon père était là, il ne serait pas fier de moi.
Il n'avait qu'à être là !

Pourtant il serait quand même content, parce qu'à chaque fois je me bats à la loyale. Je prends des coups et j'en donne, mais toujours un contre un, ou à plein contre plein. Jamais je me mets à plein contre un.
Comme d'autres le font et l'ont refait l'autre jour, et quand les moniteurs les ont trouvés et ont tout arrêté, tout le monde a cru qu'ils avaient tué Josué.
En fait pas tout à fait. Ils l'avaient juste pendu.
Heureusement qu'on l'a décroché à temps…
Ceux qui lui ont fait ça, ils avaient même pas de regrets !
Moi je suis pas comme eux. Je tue jamais personne.

17

Notre guerre de nous contre nous, ça ne prend pas tout notre temps.

Il y a des paix, des moments d'amis, des silences gentils. Des confidences secrets. Des fous rires qu'on partage sans se montrer, des jeux joyeux même s'ils sont dangereux.

On n'est pas de vrais ennemis, plutôt des frères, des frères ennemis. Même en pleine bagarre, on sait qu'on est pareils, qu'on est du même sang, de la même race : la race des camps.

Et eux : non.

Eux, c'est les pas déportés, les pas du camp. C'est ceux d'ici, ceux d'ailleurs, c'est tout le monde et tout le reste du monde.

Car on n'est pas du même monde.

Entre nous s'élève un mur infranchissable : le mur du camp.

Ils essaient de l'escalader, de le faire s'écrouler. Mais nous, on ne veut pas qu'ils y touchent, ni les laisser approcher. De notre côté du mur, on se serre et on ne veut pas bouger.

C'est chez nous, on y est entre nous, avec nos morts restés là-bas. Notre place est avec eux, pas avec les vivants. On ne va pas les laisser tout seuls, quand même, on ne va pas les abandonner !

C'est là-bas qu'on s'est arrêtés. On y a amené et laissé toute notre vie : les gens qu'on aimait, les enfants qu'on était, l'espoir qu'on avait, le bonheur qu'on croyait.

Tout envolé en fumée.

Pourtant, malgré tout ce malheur, quand je pense à moi là-bas, j'arrive à me reconnaître. J'y étais. J'étais.

Mais ici et maintenant, ça ne ressemble à rien. On ne sait pas où on est, on ne sait pas où on va, on sait juste d'où on vient : du camp, et ça au moins, ça nous retient.

D'ailleurs c'est comme ça qu'ils nous appellent : les enfants de Buchenwald.

On n'est plus que ça. Des enfants de là-bas, des enfants d'enfer.

Pas des vivants, même pas des survivants. Juste des morts-vivants.

Ici, je n'arrive pas à m'accrocher, je n'arrive pas à exister. Tout le temps je me sens glisser, tomber et disparaître.

Je suis personne depuis que j'habite nulle part.

Alors, je veux personne !

Laissez-nous être ce qui reste de nous derrière nos murailles, derrière nos barbelés. On a des souvenirs, ne venez pas les piétiner. Éteignez votre soleil, on aime mieux la nuit. Ne nous touchez pas, nos corps ont peur de tout. Ne nous parlez pas, vos bouches mentent.

Laissez notre guerre tranquille !

Et si vous approchez, tant pis pour vous, nous sommes armés. Pas avec des mitraillettes, non, ni avec des canons. Avec du silence, du mépris, des yeux vides et des visages de pierre.

C'est ça qu'on est : les pierres d'un mur.

Des pierres muettes qui ne répondent pas quand on leur parle. Des pierres serrées qui ne laissent rien passer. Des pierres rugueuses qui écorchent quand on veut les toucher. Des pierres dures qu'on ne peut pas faire pleurer.

On est fermés.

Pourquoi on les laisserait entrer ? Ils ne connaissent même pas l'enfer !

Ils croient que la vie, c'est important, que la mort, c'est dans longtemps, que la nuit est finie.

Mais nous, on vient de la nuit. On est des enfants de nuit.

On sait ce que vaut la vie : rien. Pas la peine d'essayer de comprendre, d'apprendre : il faut juste se battre et se débattre. De toute façon, la mort finit toujours par gagner.

Sauf que justement elle nous a oubliés. C'est nous les plus forts !

Alors pas question d'obéir à leurs petits ordres, de respecter leur autorité minable, de reculer devant leurs punitions ridicules.

Ils attendent qu'on travaille, qu'on ait envie d'aider : mais nous, tout ce qu'on connaît, c'est le travail forcé ! On n'a que de la mauvaise, aucune bonne volonté.

On ne range rien, on ne nettoie rien, on ne respecte rien. On ne fait rien.

Et ils peuvent bien se fâcher, nous priver, nous enfermer et même nous taper. Ça nous fait bien marrer : au camp, pour bien moins que ça, on nous tuait !

De toute façon, à quoi ça sert de travailler ? Ça ne rapporte rien. Là-bas, on travaillait et on n'avait pas plus. Ici, on ne travaille pas et on n'a pas moins.

Et d'être gentil, de bien se conduire, de penser aux autres, ça non plus ça ne servait à rien. Vous croyez que ça nous a gardé des gens ? Que ça nous a gardés vivants ? Ah non ! Si on est là, c'est parce qu'on a été féroces, qu'on n'a pensé qu'à nous, qu'on s'est fermés à tout.

Pour survivre, pour s'en sortir, faut pas sourire : faut mordre.

Comme des animaux, comme des sauvages.

C'est ça qu'ils pensent de nous, je sais, ça se voit au fond de leurs yeux trop clairs, malgré leurs faux mots bons, leurs sales airs doux. Ils regardent avec dégoût nos crânes rasés, nos lèvres serrées, nos corps marqués, nos âmes abîmées et nos vies déchirées. Ils se méfient de nos poings serrés, nos regards fermés, notre violence éclatée.

On n'est pas des jolis enfants reconnaissants, de petits agneaux bêlants.

On est des bêtes, des brutes, des bandits !

On fait peur.

18

Alors méfiances.

Et le silence.

Nous, on leur parle pas. Et eux, ils nous parlent faux.

De toute façon, on ne partage pas de langue.

Pourtant, on en a plein. Entre nous on se parle en yiddish, une langue que normalement tout le monde connaît. Eh bien eux, ils ne connaissent pas ! Ils essaient, maladroits, avec un accent bizarre et des mots hésitants. Comme si c'était difficile, cette langue que chez nous même les bébés comprenaient ! Comme si c'était une langue étrangère ! Ça peut pas être des Yids s'ils ne parlent pas yiddish…

Et puis chacun on a la langue de chez nous, mais ils n'en savent aucune, ni le roumain, ni le hongrois, ni le russe, ni le polonais.

Alors, ils parlent quoi ?

Ils parlent allemand, cette langue, ils la connaissent. Nous, forcément, on comprend, parce que ça ressemble au yiddish, sauf que c'est plus méchant et que ça ne fait pas de musique. Mais on ne leur répond pas, on ne veut même pas l'entendre, cette langue bourreau, cette langue brute qui tue. Comment leur faire confiance s'ils nous parlent en nazi ?

En fait, ce qu'ils veulent, c'est qu'on parle leur français.

Mais on ne veut pas apprendre. Parce que ça ne sert à rien, sauf à parler aux gens d'ici, et nous, on n'a rien à leur dire. Et puis, si on commence à rentrer dans le français, on sera forcés de rester en France. Et ça, on ne veut pas. C'est pas une vie ici, dans ce joli pays qui n'est pas prêt pour nous. C'est trop près de l'Allemagne, ils viendront nous rechercher. Tous on veut partir loin, le plus loin, dans la grande Amérique avec sa mer qui protège, ou en Terre promise, depuis le temps qu'on promet…

Il y a quand même un problème. C'est qu'en fait je comprends. Avant de venir ici, je savais pas qu'en roumain on parle aussi français ! Le directeur, lui, le sait, il nous parle toujours à nous, les Roumains, comme si on était ses alliés. On refuse. Mais c'est dur de ne pas comprendre quand on comprend très bien, c'est dur de ne pas répondre quand les mots sont tout prêts.

Le directeur, il est toujours en colère. Il hurle qu'on ne connaît pas le bien, qu'on est faits que de mal. Que si on est vivants, c'est parce qu'on est méchants. Qu'est-ce qu'on a fait d'horrible pour réussir à survivre ? Pour lui on est des diables, il dit des « psychopathes ». Et même si on connaît pas ces mots-là, on comprend tous que le directeur, il nous aime pas. Il ne veut pas être là.

Le seul à qui on parle, c'est Joseph, parce que, même s'il est moniteur et bien plus vieux que nous, il s'en revient des camps et connaît notre langue. Dans ses yeux notre noir, dans son corps notre douleur, dans sa voix notre plainte. En lui on a confiance, à lui on se confie.

Mais à aucun des autres moniteurs, même si certains sont jeunes et voudraient être gentils. Peut-être qu'on aurait pu les aimer… Sauf que leur gêne nous gêne, leur dégoût nous dégoûte et leur peur nous rejette. Ils sont trop loin de nous. Ils ne peuvent pas comprendre et croient qu'on n'a pas de cœur.

Pourtant on en a. Seulement il est muré.

Pareil pour le docteur. Il me fait peur, le docteur, avec sa blouse blanche et son regard qui trie. M'approche pas, me touche pas ! Tu crois que je te crois ? Que tu vas me guérir ? Que je vais te laisser me soigner ? Les médecins, ça soigne pas, ça tue. Ça n'aime pas les enfants. Ça choisit les plus forts pour les tuer au travail, ça élimine les plus jeunes pour les tuer dans le gaz et les faire brûler comme des petits bouts de papier.

Il y a aussi les visiteurs, qui se pressent au château-zoo pour voir les pauvres gosses déportés et nous noyer de leur sucre. En silence et de très loin, on ne regarde pas leurs yeux débordants de larmes faciles, on n'écoute pas leurs « beaux » discours creux et stupides, on n'accepte pas leurs mains tendues et leurs caresses.

On ne croit pas à eux. Ils font semblant de venir à nous, de vouloir de nous. Ils se servent de nous pour se sentir bien, pour faire croire qu'ils font bien. Mais c'est nous qui avons mal !

Ils croient qu'on se fout de tout ? Ben, ils ont bien raison : on se fout d'eux tous ! Des moniteurs, du directeur, du docteur, des visiteurs, des instituteurs, des teurs teurs teurs... Ce sont tous des emmerteurs !

Parce qu'ils veulent qu'on leur montre ce qu'on a enterré, nos pauvres âmes toutes nues, en larmes et en lambeaux.

Parce qu'ils veulent qu'on raconte ce qu'on ne confie qu'à nous, le camp et son horreur, la guerre et le malheur.

Parce qu'ils veulent qu'on accepte leur aide et leur secours, nous les abandonnés, nous les petits oubliés.

Il est trop tard maintenant : on ne peut plus nous sauver.

19

Alors on se sauve !

Dès qu'on peut, comme on peut, mais juste un tout petit peu. Pas pour de vrai et jamais pour longtemps. Car où irions-nous, sans langue, sans argent, sans gens, dans ce pays où personne nous connaît ? Que ferions-nous, seuls au monde ?

On a envie de partir mais trop peur de sortir. Au château on ne vit pas, mais on meurt pas plus que ça. On s'y sent protégés, même si ça ressemble à piégés.

Alors on fait des petites sauvettes qui nous mènent pas très loin, qui nous ramènent toujours.

Souvent, avec les copains, on va dans les fermes alentour pour avoir à manger (on n'a jamais assez). On échange de la nourriture contre des couvertures, des casseroles, des draps ou des couverts qu'on a pris au château. Quand on rentre les poches pleines, on se fait toujours gronder et traiter de petits voleurs ;

nos lits sont tout défaits et la cuisinière peste. Mais nous on est contents, on a couru dehors comme si on était libres, et on se sent des riches, on se sent rassasiés.

D'autres, des plus grands, filent parfois à la ville pour marcher dans des rues, pour voir des inconnus. Ils racontent comment c'est, les bruits de cloche, l'odeur du pain, les magasins brillants, les manières des gens ; la vie des villes de France.

Il y a même Max et Piotr qui sont allés à Paris ! Quelqu'un leur avait dit qu'il y a là-bas un hôtel, le Lutetia, où les déportés sont rois. Un camion les a pris sur la route et les a emmenés jusqu'aux portes de Paris. Ils sont descendus très profond prendre le train du dessous qui s'appelle le métro. Avec leurs trois mots de français, ils demandaient aux gens où c'était, le Lutetia. Quelqu'un leur a dit : « Sèvres-Babylone », et Max, qui se rappelle un peu de l'anglais des Américains, a cru qu'il disait *« seven »*. Alors ils ont compté sept stations et sont sortis en l'air, mais c'était pas Babylone, c'était toujours Paris. Ils ont dû demander, marcher, demander et marcher, et puis ils ont trouvé. L'hôtel était si beau, du luxe pour déportés, on les a bien reçus et tout de suite installés dans une grande chambre claire, avec deux lits bien faits et un téléphone blanc. Ils seraient bien restés, mais ça n'a pas duré.

Quand les gens de l'hôtel ont compris d'où ils venaient, ils ont remis Max et Piotr dans le train pour les renvoyer au château. Parce que le Lutetia, c'est que pour les déportés qui n'ont nulle part où aller. Tandis que nous, on *a* nulle part où aller : c'est là qu'on habite !

Depuis, Max ne parle que de Paris, les ponts, les jolies dames, les escaliers de marbre et le téléphone blanc.

Dommage qu'il n'ait eu personne à appeler…

Moi aussi j'aimerais bien me sauver à Paris. Mais je suis trop petit pour une ville si grande, grande comme ma peur qui m'empêche de m'en aller.

Tout seul je reste, enfermé dans le chagrin. Qui parfois me serre tant que je peux plus supporter. Alors, pour ne pas en mourir, je mets ma casquette et sors dans le parc pleurer dans la pluie. C'est bien la pluie, quand on y pleure, personne ne le voit, personne ne le sait.

C'est juste la pluie et moi.

Je lui dis, à la pluie, comme c'est dur ma vie qui ne vit pas.

Mais elle ne répond pas, elle lave seulement mes larmes. Ni elle ni personne ne sait m'expliquer pourquoi ici je suis si malheureux. Au camp, c'était affreux, tout noir, plein de sang et d'effroi. Mais j'y avais des rêves, de l'espoir, un but : tenir, survivre, m'enfuir, sortir ; que la guerre finisse ; que les miens revivent.

La guerre s'est terminée, mais moi, je n'arrive pas à commencer.

Devant moi, il n'y a rien. Peut-être parce qu'il n'y a personne.

C'est comme ça que je l'avais appelé : « Personne », le chiot que j'avais trouvé. Il pataugeait tout pataud dans la boue d'une cour de ferme, un jour où je traînais assez loin du château. Il avait des yeux mouillés et des oreilles tristes, et sa fourrure beige semblait douce. Il poussait des gémissements rauques que je comprenais. Peut-être qu'il avait froid, faim et peur, peut-être qu'il n'avait plus sa mère.

Alors je l'ai pris dans mes mains et il m'est grimpé dessus, il m'a léché le nez avec sa langue rose, ça m'a chatouillé et on a ri ensemble.

Je l'ai aimé tout de suite, violemment, mon petit Personne. Je l'ai mis dans ma chemise et l'ai ramené au château, caché dans le dortoir et les autres m'ont aidé. Mais il était qu'à moi, c'était moi, le maître de Personne ! Je lui amenais à manger, avec lui je voulais bien partager. La nuit il me léchait les joues parce qu'elles étaient salées, et du coup je riais au lieu de pleurer. Personne, c'était la seule personne au monde à me faire des câlins. Je lui disais que je l'aimais et il m'aimait aussi.

Je crois bien que les moniteurs savaient, mais ils faisaient comme si non. Dans la journée, on partait se promener, on courait tous les deux, on jappait, on jouait. Avec Personne, je ne me sentais plus si seul.

Mais le directeur m'a vu un jour que je rentrais, il m'a ouvert la chemise et dedans, il y avait Personne qui le regardait en souriant. Il me l'a pris des bras même si je me débattais, a dit que ça suffisait, que je l'avais volé et que de toute manière au château il n'y avait pas d'animaux. Personne et moi on criait, on pleurait, on aboyait, mais ça n'a servi à rien. Le directeur a donné mon petit chien à un moniteur pour qu'il l'emmène.

Je suis allé le lendemain à sa ferme, mais je ne l'ai pas trouvé.

J'ai perdu Personne, comme j'ai perdu tout le monde.

Un jour je me vengerai, je tuerai le directeur. Parce qu'il m'a pris mon chiot.

J'avais que lui pour m'aimer.

Je peux plus ma vie, sans personne…

III. LA MAISON

20

Mais quelqu'un.
Quelqu'un vient.
Enfin.

La première fois que je la vois, je ne la vois même pas.

C'est vendredi soir, elle est venue avec d'autres visiteurs regarder les bêtes curieuses et furieuses faire shabbat. On est leur sortie au cirque ou au zoo, leur attraction, leur bonne conscience. Ça me met toujours en colère, d'être regardé en cage. Alors, comme d'habitude, je ferme ma tête et mes yeux. Et j'écoute.

J'écoute de toute mon âme.

Car la musique est là.

Tous les vendredis soir, on chante des vieux chants. C'est le seul moment où on se laisse aller avant. Ça ne se voit pas, oh non, on montre pas : on garde tous notre masque de pierre pour faire croire qu'on sent rien.

Mais c'est pas vrai, on sent plein.

Trop.

Trop mal.

Au camp, je croyais que j'avais perdu toutes mes prières. Mais ici, le vendredi, avec les amis, elles reviennent. Des mots que je ne comprends pas m'escaladent la gorge comme de petits animaux grimpeurs : je ne savais pas que je m'en souvenais, je ne savais même pas que je les connaissais. La mélodie s'enroule autour de moi et me caresse, elle me prend dans ses bras et m'emporte. Ma voix s'emmêle aux voix des autres et ensemble nous montons montons montons…

À en mourir.

Parce qu'elle me tue, la musique. Elle est plus forte que nous, elle est plus belle que tout. Je ne sais pas me défendre contre le bien qui fait mal qu'elle me fait.

Elle s'engouffre en moi en torrent violent, balaie toutes mes défenses, renverse tous mes barrages. Et abat mes murs. Elle est orage, ouragan, je peux pas résister, j'étouffe et je suffoque. Je me noie dans les notes et les larmes qu'elles provoquent.

La musique, c'est une folle sauvage, une très mal élevée, qui n'a aucune manière ni aucune pudeur. Elle ne respecte rien, elle piétine partout, ouvre portes et fenêtres et fouille sous les lits. Elle montre à tout le monde mon caché, elle crie mes secrets, elle raconte mon blessé.

Comment elle sait tout ça de moi ? Comment elle arrive, sans mots, à dire le désespéré ?

Et puis il y a sa beauté qui est parfois trop triste pour que je puisse la supporter.

Ça me fait ça quand j'entends pleurer le violon d'Isaac.

Isaac, c'est un tout petit gars qui ne ressemble à rien. Quand on était encore au camp mais déjà libérés, il était parti faire une virée et avait volé un violon dans une maison à Weimar. Debout tout seul dans le soir du camp, il jouait des airs sauvages qui nous faisaient trembler. Quand on est partis pour la France, les gens qui organisaient nous ont dit de ne rien emporter, et c'était très facile, vu que justement, rien, c'était tout ce qu'on avait. Sauf Isaac, lui, il avait son violon, et impossible de le lui enlever. Il ne voulait pas le lâcher, ou peut-être que c'était le contraire, c'était le violon qui ne voulait pas le lâcher. En tout cas ils étaient tellement collés, cramponnés l'un à l'autre, qu'il aurait fallu les opérer, et ça n'existe pas, une opération de violon ! Finalement les gens ont soupiré et l'ont autorisé à l'emporter.

Ici il l'a mis sur son lit, comme une peluche, un chaton, un câlin. On ne le laisse pas jouer dans le dortoir, ça pleure trop fort un violon, personne ne supporte. Alors il sort dans le parc, et sous la pluie, dans le vent, au soleil levant, au cœur noir de la nuit, il joue sa danse de fou, le corps tout tordu et les yeux perdus. On dirait que lui et son violon, ils se battent.

Mais en fait non, ils s'aiment.

Moi aussi je les aime, mais parfois je voudrais qu'ils arrêtent. Parce qu'ils me font trop mal, tous les deux, avec leur musique qui me tire vers mon chez-moi perdu. Ils me forcent à pleurer des larmes interdites, ils me forcent à me rappeler des souvenirs ensevelis. J'ai envie de leur crier : « Taisez-vous ! Arrêtez ! Vous me faites saigner. On n'a pas le droit de jouer le chagrin comme ça ! » Mais je ne crie pas, je ne me sauve pas : j'écoute.

Comme ce soir, tout brûlant de ferveur, envahi de malheur, enrichi de splendeur. Les voix redescendent doucement, puis se taisent, et le silence nous recouvre, encore tout vibrant, un petit peu consolant.

Alors j'ouvre les yeux et je la vois debout.

Elle brille doucement au milieu des éteints. Dans ses yeux il y a une petite lumière qui pleure. Je croise son regard et je regarde dedans. On dirait qu'elle comprend.

On dirait qu'elle aussi elle entend.

21

Et tout change, même si je le sais pas, même si je le sens peu, peu à peu, que tout change.

Le lendemain, les jours suivants, elle ne s'en va pas, elle reste là, à nous regarder mais pas avec des yeux pointus, à nous parler sans se lasser de notre silence, à participer sans se mettre au milieu.

Ça nous fait bizarre, une femme, dans notre monde garçon. Surtout que c'est une jeune, que sa robe a des fleurs et son sourire des perles, que ses cheveux sentent bon et que ses mains semblent douces. Il y a des clic-clac de talons dans le couloir, il y a des notes hautes et claires dans les airs. Ça fait frais de l'entendre, ça fait joli de la voir, mais ça fait peur aussi : trop dangereux. Des fois qu'on y croirait, des fois qu'on se rappellerait, des fois qu'on s'ouvrirait... On pourrait en mourir, de croire en la beauté, d'attendre de la bonté, de se laisser caresser. Parce que ça n'existe plus nulle part, ça. C'est parti en fumée avec nos mères et pères, nos petites sœurs et frères.

Moi, je ne crois plus aux mains douces.

Ni aux voix : je ne les écoute pas. Sauf celles durcies qui crient ce soir dans le bureau du directeur, qui discutent tellement fort qu'on dirait une dispute. Ils se lancent des mots qui se battent en ping-pong : délinquants/enfants, ouvrir/fermer, dangereux/malheureux, mater/apprivoiser, méfiance/confiance, punir/expliquer. Et puis, finalement, partir/rester.

C'est ce qui se passe, dès le lendemain matin. Le directeur s'en va et Donna prend sa place.

C'est son nom, Donna, à notre nouvelle directrice.

Personne ne dit rien, personne ne montre rien, personne n'attend rien.

On se méfie.

Mais quand même, tout au fond, je pense qu'on espère un peu…

Tout de suite elle se met à son travail de lumière. Elle pousse les tables, pousse les murs, pousse tout le monde. Elle veut de l'air, du frais, du clair. Elle amène du soleil et de la gentillesse. Elle essaie que nulle part ressemble à une maison.

Elle commence par le réfectoire, qui était tout aligné, tout droit, carré serré. Avec les moniteurs d'avant et Lily, une nouvelle monitrice, ils séparent les tables et les mettent dans tous les sens. On dirait qu'elles dansent ! Dessus ils posent des petits bouquets qui ont l'air bien gentils.

Et dès le premier midi, Donna annonce qu'on peut se mettre où on veut et prendre tout ce qu'on veut.

C'est mieux, de s'asseoir à côté de quelqu'un qui est ami, qui ne va pas vous voler ni trop vous embêter. Mais on sait que c'est pas vrai qu'il y aura toujours à manger, et on continue à cacher, dans nos poches, sous nos lits, tout au fond des tiroirs. Quand elle trouve nos cachettes, elle nous traite d'écureuils, mais c'est sans se fâcher, je crois qu'elle aime bien les écureuils.

Et c'est vrai qu'on leur ressemble, à se sauver dès qu'elle s'approche, en emportant nos noisettes de pain. Sauf qu'on n'a pas de forêt profonde où se cacher pour grignoter en paix.

Elle nous réunit dans le réfectoire et nous déclare qu'on est ici chez nous et que tout est à nous. C'est idiot de voler quand c'est soi-même qu'on vole ! La cuisine est ouverte, on peut venir y manger tout le jour, même la nuit, si on a cette faim sauvage qui nous ravage. Ici, dit-elle, on a toujours le droit de manger.

Je la crois pas !

Ce soir-là, tard dans le noir, je me lève tout seul et sors doucement dans le couloir. Il y a une petite lumière dans l'escalier qui sourit. J'arrive à la cuisine et elle n'est pas fermée. Je m'approche du garde-manger et il n'est pas gardé. J'empoigne des biscuits et me les fourre dans la bouche, mais soudain des pas, une voix, la voilà…

Elle va me tuer !

– Assieds-toi un moment, dit-elle sans crier.

J'obéis poings serrés, bouche pleine à m'en étouffer. Elle prend du pain, y étale une grosse couche de confiture, verse du lait dans deux verres et s'installe sur une chaise en face de moi.

– Comment tu t'appelles ? me demande-t-elle doucement dans son yiddish hésitant.

Je ne lui réponds pas, je lui montre juste mon bras.

Mon numéro, c'est moi.

Alors elle tend la main et me touche la peau. Ça brûle ! Je me lève brusquement et me sauve en courant, regrimpe l'escalier et me jette dans mon lit. Mon cœur est tout battant et j'ai envie de pleurer.

Je veux pas ses caresses !

Car la tendresse, ça ment.

Ça fait croire aux mamans…

22

On déménage !

Pas ailleurs, non ; on ne part nulle part, on y reste. Mais Donna a décidé de libérer les lits : à partir d'aujourd'hui, on peut choisir sa chambre et dormir où on veut. Plus obligé d'être parqué avec ceux de son âge qu'on n'aime pas, qu'on ne comprend pas, contre qui on se bat.

Vlan ! Elle a donné un grand coup de pied dans notre fourmilière et nous, petites fourmis hargneuses, on se met à courir partout, pas du tout affolées, plutôt surexcitées, pour nous réorganiser.

Et quand le calme revient, il n'y a plus de fourmis, juste des abeilles assagies qui ont retrouvé leur ruche.

Parce qu'on est tous rentrés à la maison.

Pas la maison maison, non, celle-là n'existera plus. Mais on s'est regroupés, sans hésiter, par quartier, village, ville ou pays, on a rejoint, d'instinct, ceux de notre monde ancien. Ça s'est fait tout seul, la répartition : les grands dortoirs pleins de ceux qui sont plein, les chambres plus petites pour ceux qui sont peu. Tous les âges mélangés, comme dans une vraie famille. Ce qui compte, c'est le sang partagé, enfin, pas vraiment le sang, mais le lieu et la langue de naissance, le souvenir des souvenirs, et le nom commun, le nom de chez nous, nous qui n'en avons plus du tout.

Et ce nom, « Roumanie », « Varsovie », « Mishkilz », on l'écrit sur la porte, en grosses lettres fières, pour que les autres sachent qui on est, et qu'ils ne doivent pas entrer.

Pourtant, c'est le nom d'un endroit maudit qui nous a trahis, d'un endroit perdu qui ne nous veut plus, d'un endroit gâché qui nous a crachés, chassés et presque tués. Mais quand même, c'est là qu'on a commencé, à naître, à être, à doucement pousser. Alors, même si nos racines ont été tellement arrachées qu'on n'en a presque plus, qu'on se sent nus emportés par le vent, on a envie d'essayer de replanter leurs bouts maigrichons et tout effilochés. Dans notre petit coin de terre reconstitué, notre bout de pays réinventé, peut-être qu'on pourra un petit peu repousser.

J'entre dans la chambre, et c'est comme rentrer à la maison. Pas besoin de me méfier ni de me cacher. Pas besoin de me fermer : quand j'ouvre la porte, je m'ouvre aussi. Je peux respirer, parler, rêver et reposer. Ici, je dors en paix.

Bien sûr, il reste des bagarres, des petites guerres qui flambent, des raids, des descentes, des attaques éclairs contre ceux des autres dortoirs. C'est normal après tout, ils ne sont pas de chez nous. Mais de moins en moins, moins fréquentes, moins violentes, moins excitantes. Quand on est bien, on a pas trop envie d'embêter les voisins.

Et chez nous on ne se bat plus, ou alors qu'un petit peu, on nous sépare tout de suite et on reste pas furieux. C'est normal entre frères. On s'aide, on se tend la main et on se comprend bien. Les grands apprennent aux petits et nous on les fait rire.

Et notre chagrin respire.

La nuit, quand je ne dors pas, je peux poser ma peur et mon si lourd malheur à côté de mon lit pour le faire reposer. Personne ne va le piétiner.

Notre chambre est en sécurité.

Je n'y suis pas étranger.

Et même dehors, on me connaît. Parce que maintenant Donna me reconnaît.

Pour elle, même si elle nous décrit gentiment comme ça, on n'est pas des écureuils, des fourmis ou des abeilles. Pour elle, même si on nous a décrits sèchement comme ça, on n'est pas des moutons bêlants, des chiens méchants, des loups hurlants. Pour Donna, on est des gens.

Et les gens, ça s'appelle. Ça s'appelle par leur nom, leur nom propre.

Alors lentement, patiemment, méthodiquement, elle nous apprend. Tous les jours elle s'assied à côté de nous sur la pelouse ou à table, et demande à chacun comment il s'appelle. Elle veut savoir les deux, le nom et le prénom. Elle ne se contente pas, comme les autres moniteurs ou l'ancien directeur, du nom ramené du camp qui n'est souvent qu'un surnom, un petit nom, rien qu'un petit bout de nom, rien qu'un petit bout de nous. Donna, elle veut tout savoir de nous.

On ne répond pas, au début, on ne lui dit pas. Pourquoi elle veut tout ça ? Mais à force de demander et de ne pas se fâcher quand on ne lui donne pas, à force de redemander, de guerre lasse, on finit par les lui donner.

Et elle, elle nous les redonne ! Tous les matins pour dire bonjour, et tous les soirs pour bonsoir, elle nous salue gravement un par un par notre nom complet. Et quand vient mon tour, que ses yeux se posent sur les miens, que son sourire me caresse et que sa voix calme dit : « Bonjour, Yankov Zeligman », je sens un oiseau fragile trembler au fond de moi. On dirait que j'ai des ailes qui soudain se réveillent. On dirait que je suis moins petit, on dirait que je brille un peu.

Un peu, rien qu'un peu, quand Donna me nomme, j'existe un tout petit peu.

Ça ne dure pas, cette brusque joie, ce hoquet de vie. Tout de suite je redeviens rien et l'oiseau en moi meurt. Mais à force de m'entendre appelé tous les jours, je me mets à m'habituer à mon nom complet et à ne plus pouvoir le quitter. Il me colle à la peau comme un vieil habit ami, confortable et souple, bien doux sur la peau et qui enveloppe partout. Mon nom me tient chaud comme un tricot qui aurait gardé l'odeur de la maison.

Là où tout le monde portait le même.

Quand Donna m'appelle, je sens les miens autour.

Elle m'a redonné mon nom de famille.

23

C'est bien d'avoir pu me creuser un terrier et d'avoir retrouvé mon nom propre. Ça me donne un peu de présence, un droit d'existence. Quand Donna m'appelle, je sens que je suis, parce que j'entends qui je suis.

Mais je ne me vois pas.

Car celui que je vois, c'est pas moi.

Et même Donna, parfois, elle ne me voit pas. Plus maintenant, mais ça lui arrivait, au début, de se tromper de nom, de se tromper de moi. De me confondre avec Moshe Blum et d'appeler Elie Katz, Yankov Zeligman. Ou d'hésiter, trop longtemps, avant de dire notre nom avec un point d'interrogation. Ces fois-là, personne ne répondait, et nos noms voletaient dans l'air de-ci de-là comme des papillons perdus et éperdus, et puis disparaissaient. Des noms sans nous, ça n'existe pas, et nous sans noms non plus, on n'est pas.

C'est terrible, que même nos noms ne nous reconnaissent pas ! Comme si on était pareils, comme si on avait tous la même tête.

Une tête de mort.

C'est cette tête que je vois dans la glace au-dessus du lavabo. Elle ne me ressemble pas. C'est pas moi, ce sale enfant aux yeux trop grands qui m'observent méchamment, cet étranger au visage de pierre tout fermé et très laid. Rien n'y bouge, rien n'y vit : en moi, personne ne vit.

Dans la glace, c'est qui ?

Parti le moi d'avant, celui qui était joli. Dans la glace me regarde le moi du camp. Des cheveux m'ont repoussé, on m'a rempli les joues et réparé les dents. Mais je vois bien, en transparence, grimacer le squelette que j'étais il n'y a pas longtemps. Un squelette avec des yeux.

La crasse et la vermine se sont cachées, mais je les sens qui me grattent par en dessous. Derrière mon masque de pierre, haine et peine, peur et malheur, solitude, et ô mon désespoir. Et au fond de mes yeux qui sombrent, les larmes que je retiens, le feu qui s'est éteint.

Je m'aime pas comme ça ! Je me veux pas. Alors je frappe la glace pour que disparaisse ce vieux môme effrayant qui se fait passer pour moi. De toutes mes forces, je tape avec mes poings sur ce visage vilain qui ne peut être le mien. Je me frappe et frappe et frappe, et je brise la glace et mon visage aussi. Je m'éclate en mille morceaux.

Et là, dans ces petits bouts de moi déformés, explosés, dispersés, enfin je me reconnais.

Moi en miettes.

Un moniteur accourt, passe ma main en sang sous le robinet et appelle Donna. J'ai peur qu'elle me gronde ou qu'elle demande pourquoi. Mais elle ne dit rien, m'aide juste à ramasser et panse la plaie qui saigne (la seule qu'on peut voir).

Mais je crois que, sans que je lui dise, elle a compris pourquoi. Le lendemain, elle nous emmène à la ville nous faire prendre en photo par un homme photographe. On peut s'habiller comme on décide, avec les vieux pyjamas ou les costumes de nazis que certains ont gardés, ou bien comme tous les jours avec nos habits d'ici. À nous de choisir, de se mettre comme on se veut. En plus, dans la boutique, il y a des chapeaux, des cravates, des foulards, qu'on peut se rajouter. Moi je ne prends rien, parce que j'ai ma casquette qui me rassure bien. Mais les autres qui prennent, ça nous fait bien rire de les voir en messieurs, en riches, en Français.

Et puis, l'un après l'autre, le photographe nous prend en photo, il nous prend dans ses photos.

Et là, je ne ris plus. Et je ne souris même pas, alors que lui il voudrait. Mais moi, je ne souris pas à rien, je ne souris pas à personne. Il n'y a pas de raison de sourire. Je regarde droit devant moi, en plein dans l'objectif noir qui va me prendre mon image.

Pour la récupérer, il faut attendre, nous explique le photographe en nous faisant visiter. Il a une chambre qui est noire, avec des lampes rouges, de grands bacs pleins de liquides bizarres, des pinces et des gants : on dirait un magicien ou bien un chirurgien.

Qu'est-ce qu'il va faire de nos visages ? Va-t-il nous transformer ? Nous métamorphoser ? En quoi, en qui ? La photographie, ça ressemble à la sorcellerie.

Et c'en est ! Quand, après une longue promenade, on revient à la boutique et qu'il nous tend nos photos, on reste tous stupéfaits. Il ne nous a pas transformés, non. Il nous a retrouvés.

Car sur la photo que je tiens serrée entre mes mains, il y a le lutin que maman aimait bien. Son nez de malice, sa bouche d'innocence, ses joues à caresses, ses cheveux frisés qui se sauvent dans tous les sens. Et au milieu qui crient, ses yeux trop gentils noyés dans une flaque de noir.

Je le connais, ce petit gars là, si familier : c'est le moi d'avant, celui qui était regardé, aimé, choyé et admiré. Tout le monde est mort qui pouvait s'en rappeler, et même moi je le croyais perdu. Mais le photographe est allé le chercher là où, caché profond, il m'attendait.

J'avais pas vu que je m'attendais !

Oh, bien sûr j'ai changé, plus grand, plus maigre, les yeux désespérés. Avec des dents en moins et une casquette en plus. Avec mes rêves perdus et des cauchemars sans fin. Le visage fermé, – moi qui toujours riais, la bouche serrée, – moi qui toujours parlais. Mais quand même, c'est le même, c'est moi, je me reconnais. J'ai retrouvé ma figure humaine.

Je ne savais pas que j'étais toujours vivant !

On rentre au château en silence, chacun seul avec sa photo. Comme les autres, je n'arrête pas de me regarder, de me regarder me regarder. On dirait que la photo sait un secret, est mon secret, mon moi secret. Elle me sait. Rapprends-moi ! Reprends-moi !

Je cours dans la chambre et cache ma photo sous mon oreiller. Dès que je suis seul, ou quand les autres m'oublient, et la nuit à la lumière de la lune, je regarde ce petit garçon que ma mère aimait, je lui parle gentiment pour me le ramener, je l'embrasse doucement pour pas être abandonné.

Il n'y a plus que moi pour l'aimer.

Il n'y a plus que moi pour m'aimer.

Dans le noir de ma nuit, je lui chuchote pour nous rassurer :

« Tu n'es pas mort.

Je suis là… »

24

Là dans le soleil, là dans l'herbe, là dans la pluie et dans le vent. Là partout dans le dehors, de tout mon corps.

Mon corps nourri, lavé, en bonne santé, et qui renaît. Comme un cheval trop longtemps entravé qui s'impatiente et piaffe d'envie de galoper. Même s'il a peur de tomber et ne veut plus jamais être dressé. Mais comment on fait pour libérer un cheval fou qui ne trouve pas la sortie ?

On fait du sport.

C'est idiot le sport, complètement inutile. À quoi ça sert de se fatiguer comme ça pour rien, juste pour le plaisir que ça fait même pas ? Ça fatigue, et la fatigue, il faut la fuir, c'est une dangereuse. On doit garder toutes ses forces bien cachées, les protéger, les économiser, pour tenir bon, rester vivant, ne pas tomber malade et finir dans la boue ou dans la cheminée.

Mais ici, le sport, c'est plutôt obligé. Tout le monde doit aller aux séances de gymnastique organisées sur la pelouse. Au début, je reste sur le côté à regarder, méfiant, puis j'essaie un petit peu, et finalement je m'y mets, même si c'est bête, à sauter comme un singe, à remuer bras et jambes, à secouer la tête d'un air mécanique, à me plier en deux, en quatre, et pourquoi pas en huit ? Je m'y mets parce que ça fait du bien, le vent sur ma peau, la danse qui me vient, le souffle des copains, mon corps content enfin.

Même s'il se sent honteux d'être montré comme ça, si maigre, mal fait, mon corps que personne ne connaît. Un corps, c'est secret, ça se couvre, ça se cache pour ne pas être regardé. Ça se protège, ça se carapace, pour ne pas être abîmé, gelé, tué. Ça ne se met pas en short et en petite chemisette, à exposer ses bras et ses jambes nus, à les montrer aux gens et au vent.

Mais je me force, je le force, parce que sans plein de vêtements, on peut mieux bouger, et puis tout le monde le fait. Même Maurice, le moniteur gentil qui nous fait la leçon, qui est presque un homme et ressemble à un champion. J'aimerais bien être comme lui, avoir des muscles partout et même dans le cou. Alors, pour un jour dans cent ans pouvoir lui ressembler, et aussi pour qu'il me regarde en souriant et me dise « C'est bien, Yankov », je fais tous les mouvements, même les imbéciles, et je m'essouffle à le suivre quand il nous emmène courir.

Courir le plus vite possible, alors que personne ne veut nous attraper. Courir juste pour courir, pas pour aller quelque part, et pas pour me sauver. Courir de toutes mes forces qui reviennent vaillamment, à en perdre le souffle de joie parfaitement propre. Dans mes oreilles, j'entends mon souffle se dépêcher, je sens mon cœur taper à grands coups à ma porte. Au-dessus de moi passent et repassent des oiseaux. Au camp, il n'y en avait pas. Mais ici, ils m'accompagnent et chantent mon effort. Moi aussi j'ai des ailes, comme eux, je vole, je dépasse le vent et me baigne dans le soleil.

Alors, dans un éclair violent qui ne dure qu'un instant, je me sens soudain heureux d'être vivant. Moi qui, si souvent, me crois mort… Mais non, me dit mon corps, cours, cours encore !

Ce que j'aime aussi, dans courir, c'est qu'il n'y a que moi qui le fais. Les autres, qui courent autour, je ne m'en occupe pas. Je suis seul dans mon élan et profite de ma vitesse.

Seulement, le sport, c'est rarement tout seul. Pour plein de jeux, on doit se mettre ensemble, et nous, on ne sait pas, et ça fait des bagarres. Au camp, c'était chacun pour soi, on se méfiait de tout le monde, on ne pensait qu'à sauver son pauvre soi malheureux. On ne partageait pas, à part avec son père. On pouvait pas s'aider, et pas le temps de s'aimer. Tout le monde ennemi et voleur de pain.

Alors, forcément, on ne sait plus comment on fait confiance.

Pourtant, il faut jouer avec les autres, au football, au volley, au ballon prisonnier. Il faut former des équipes alors qu'on se sent si seul, passer la balle même si on veut se la garder, au relais s'arrêter et laisser les autres courir moins vite que vous. Il faut les encourager alors qu'on s'en fout, il faut les féliciter même si on est jaloux.

Ça me fait grincer des dents, ça me fait serrer les poings, tout le chemin que je dois faire pour aller chez les autres alors que je préférerais rester tout seul chez moi. Ça me fait rager et me donne envie de me sauver. Mais quand on gagne, même si c'est pas grâce à moi, quand les mains se touchent et que les yeux regardent dans la même direction, je me sens bien chaud dedans et je crie de joie avec eux.

Parfois, c'est bon d'être nous ensemble…

Ensemble avec Donna aussi, pas au football, bien sûr, mais pour les balades qu'on fait le samedi, et le dimanche aussi. Quand elle vient elle marche à nos côtés, on parle de petites choses, ou bien on se tait et on écoute les oiseaux bavarder. Ça me calme de marcher longtemps, je mange les kilomètres avec grand appétit.

Les promenades, elles sont par tous les temps, même la pluie, ça me gêne pas, même le froid j'aime ça. Parce que c'est de la marche libre, pas de la marche forcée comme celle que j'avais dû faire avec mon père, une marche de mort pour aller d'un camp de mort à l'autre. Pendant des jours et des nuits les Allemands nous ont fait marcher en enfer. On croit que l'enfer c'est chaud, mais non, il est glacé. Le froid était si terrible que les oiseaux gelaient en plein vol. Mes doigts non plus ne pouvaient plus voler. J'avais perdu mes pieds, je n'avais plus de nez, et les larmes sur mes joues me coupaient en coulant. À chaque pas je m'enfonçais tout entier dans la neige immense. Sur les côtés, je voyais des gens tombés, ils dormaient tranquillement, ils avaient arrêté. Je pouvais plus avancer, je voulais plus avancer. Je me suis laissé tomber pour toujours reposer. Mais mon père, lui, ne m'a pas laissé tomber. Il m'a attrapé par le col comme un petit chat, m'a soulevé tout tremblant et m'a posé sur ses épaules. Il m'a porté des heures, accroché à son dos, un homme de neige et son petit bonhomme... Il marchait tout penché, sans un mot, titubant, zigzaguant, trébuchant, mais toujours me tenant, me maintenant vivant. Il m'a sauvé du froid, mon père de feu.

Dimanche, il a neigé. C'était joli dans le parc, on est tous sortis et, avec les moniteurs, on a fait une bataille de boules de neige, et après un grand bonhomme de neige, avec une carotte, un béret et des bras de branches.

Ici, la neige, elle ne tue pas les oiseaux ni les enfants. Elle amuse.

C'est ça que je comprends pas. C'est pourtant la même neige, le même ciel, la même terre que là-bas.

Ou pas ?

Peut-être qu'il y a deux mondes : le normal et le mal.

Et peut-être qu'il y a deux moi : celui qui vit et celui qu'était mort.

Parfois, quand je cours ou que je joue, je m'arrête brusquement sans pouvoir me croire. C'est pas possible, moi dans le soleil, moi qui ris, moi qui vis ! Qui c'est, ce moi qui est libre ?

C'est lui le vrai ?

Comme je voudrais…

… tout le reste de ma vie, caracoler dans le soleil et me caresser de neige !

25

Mais c'est pas si facile, car jouer, j'ai oublié. J'ai vieilli bien trop vite, je ne sais plus comment on fait l'enfant.

Je veux repartir en enfance, réapprendre l'insouciance. Ne pas rester les yeux vitreux à regarder le vide avec envie de m'y jeter. Ne pas me cacher tout seul dans le noir à espérer qu'il va m'avaler. Ne pas penser sans cesse au cauchemar qui a duré presque toute ma vie.

Je ne sais pas si c'est possible, redevenir enfant après avoir été vieux, rattraper le temps volé, revivre, après une si longue mort. Mais je vais essayer.

Après mille ans de désespoir, je veux enfin avoir onze ans.

Alors, petit à petit je me réhabitue à être petit.

Avec les autres, aussi vieux, aussi jeunes que moi, on reprend nos jeux là où on les avait arrêtés, il y a deux, trois ou quatre années, il y a une éternité. On joue aux barres, aux billes, à la bagarre (celle pour rire, pas celle qui fait mal). On joue à chat, à colin-maillard et à cache-cache (et si on nous trouve, c'est pas grave). On joue aux cartes, à la bataille – mais on se bat pas –, à la belote – et on triche pas.

Et ça, c'est difficile, ça paraît impossible ! On ne sait plus jouer sans tricher, on ne sait plus vivre sans mentir.

Au camp, fallait tricher tout le temps, sinon on perdait : la santé, la nourriture, la vie. Et pas possible de rejouer une autre partie…

J'ai triché quand je suis arrivé, pour être sélectionné avec mon père pour le travail (et pas avec ma mère pour la cheminée). Il m'a obligé à me dresser sur la pointe des pieds et à lever le menton, pour faire plus grand, pour paraître moins enfant.

J'ai essayé de tricher pour avoir à manger, passer deux fois à la soupe, prendre un autre morceau de pain. Mais comme ça marchait pas, j'ai volé.

J'ai fait semblant de travailler, parce que c'était trop dur, trop lourd, trop long. Je faisais les gestes mais pas tout l'effort. Mon père prenait le reste, son travail plus le mien. Il portait mes charges, remplissait mes sacs, poussait ma charrette. Mon père si fort, mon père si mort.

Ici, le travail, il est choisi, pas forcé, alors forcément, à la fin, on le fait. Il faut bien aider,

Donna est fatiguée, les moniteurs s'activent, nous on s'active aussi. Parce qu'on travaille pour nous, alors ça change tout. On veut que ça soit plus beau, plus propre, plus prêt. Tout le monde aime le travail bien fait que tout le monde fait bien.

C'est du travail léger, que des petites tâches faciles et pas tellement pénibles. Je débarrasse la table (après le bon déjeuner), je balaie l'escalier (où avant on a joué), j'accroche le linge (nos habits sont lavés), je range les chaises (c'était une belle soirée), je porte les courses (on a plein à manger !).

Et dans le jardin d'automne, je pousse une brouette où il n'y a que les feuilles de mortes…

Le travail d'ici, il est propre. C'est du travail de vie.

Mais être enfant, ça veut pas juste dire jouer et donner un coup de main pour les travaux ménagers. Un enfant, ça doit étudier.

Et moi, je veux plus aller à l'école !

Pourtant j'aimais bien ça… Dans mon école d'avant, j'étais le plus savant. Je lisais comme un ange, j'écrivais comme un scribe, je comprenais vite et retenais presque tout. Bien sûr je bavardais, faisais des taches d'encre, oubliais mes devoirs. Mais je rapportais des bonnes notes et mon père était fier.

Mais à l'école de France, je suis devenu nul. Si mon père le savait, il aurait et me ferait honte. Ici je comprends rien, j'ai perdu mes lettres, je ne sais plus compter, et mon esprit volette et refuse d'écouter. J'ai oublié tout ce qu'avant je savais, et rien de nouveau ne veut rentrer dans ma tête toute fermée.

L'autre jour à la dictée, il y avait soixante-quatre mots, j'ai fait soixante-quatre fautes.

Mais c'est pas de ma faute : c'est pas le même alphabet !

Cette dictée pleine de rouge avec son gros zéro, je l'ai froissée et puis je l'ai déchirée. La maîtresse s'est fâchée et ça m'a fait marrer. Comme si elle me faisait peur, avec sa voix pointue et ses punitions de bébé… Je m'en fous d'elle, même si elle me met au piquet et ne fait que crier.

Mais Donna, Donna, par pitié, je veux pas y retourner ! L'école d'ici, elle m'aime pas. Elle comprend pas ce que je dis, elle n'écrit pas comme moi. Je peux pas supporter de m'y retrouver enfermé sans pouvoir m'évader, de devoir rester assis à écouter quelqu'un qui connaît rien et qui veut me commander. Donna, écoute, à la récréation, les gosses se moquent de moi, de mon nom, de mon allure, de mon accent, ils ricanent, je les bats, et c'est moi qu'on renvoie. À l'école de France, je serai toujours étranger ! Donna, je t'en supplie, je ferai tout ce que tu voudras, mais me force plus jamais à aller à l'école !

Et comme je ne suis pas le seul à pleurer pour ne pas y retourner, comme Donna a appris qu'on nous traitait de sales Juifs, qu'elle a compris qu'on n'y apprendrait rien, elle nous a retirés de l'école du village et elle a inventé l'école à la maison.

Une école magique !

Avec des moniteurs comme maîtres et Donna, la chef maîtresse, et aussi des vieilles gens ou des jeunes qui viennent de Paris nous faire des cours de tout.

Parfois on est en groupe, on s'aide à mieux comprendre, et quand on ne comprend pas, on se moque pas méchamment. Le meilleur, c'est le maître de mathématiques, il s'appelle M. Jacques, il fait rire les chiffres et explique avec ses mains. Avec lui je comprends tout, le triangle qu'a trois coins, la division à virgule, combien font neuf fois sept et comment tournent les cercles.

Pour lire, on n'est qu'à deux, et c'est le seul moyen : avoir quelqu'un de gentil qui vous montre le chemin et vous tient par la main. Moi je lis avec Donna. J'ai pas eu besoin d'apprendre, fallait juste que je retrouve ces lettres que je ne connaissais pas mais que je savais déjà. Je les avais oubliées ou elles s'étaient sauvées. J'ai réussi à toutes les rattraper, grâce à Donna assise à mes côtés qui attendait patiemment qu'elles me reviennent, avec un petit sourire confiant, qui gentiment m'aidait et me guidait. Une fois repêchées dans ma mémoire si loin, elles ont formé des mots, et quand je les lisais ça faisait du français.

Quand on lit à haute voix et que quelqu'un écoute, ça veut dire quelque chose.

Ici, tout le monde apprend le français, ça sert dans ce pays. Mais il y a aussi de l'anglais pour ceux qui aiment les États-Unis, des fois qu'un jour on y partirait (j'aimerais…). Et puis on nous raconte des histoires d'histoire, des voyages de géographie. Tout ça je le laisse rentrer en moi. Apprendre c'est comme manger, comme boire des boissons avec des tas de goûts et qui sont toutes sucrées.

Il y a aussi les cercles d'étude pour les très religieux qui veulent tout apprendre dans les livres qui sont sacrés. Moi, religieux, je le suis pas, ou plus, comment encore croire, en quoi ? En qui ? Il n'y a plus personne. Mais j'y vais quand même souvent, pour retrouver la mélopée qui petit me berçait, entendre scander les mots qu'avant je comprenais. Le bel et grave hébreu me recouvre comme un manteau. C'est le manteau de mon père.

Dans le château, il y a une grande bibliothèque, avec des milliers de vieux livres qui sentent la sagesse. Avant je n'y allais pas, mais maintenant que je sais lire tous les mots, je m'y réfugie parfois comme au milieu d'amis. À la maison là-bas, ma mère en avait plein. Peut-être qu'ils parlent d'elle ? Peut-être qu'elle me parle dans eux ?

Ça fait une école libre, qui serait toujours ouverte, on peut aller à tout, et on peut ne pas y aller. Pareil pour les devoirs, on n'est pas obligés, on les fait ou pas, c'est comme on a besoin ou comme on a envie.

Et comme c'est pas obligé, moi j'ai souvent envie.

Tout ça, ça fait des journées pleines à en craquer, avec pas trop de temps pour sombrer. Certains soirs, après le dîner, au lieu d'aller se coucher, on se retrouve rassemblés, serrés les uns contre les autres, autour d'un feu de camp.

Mais ce n'est pas du tout un feu du camp !

Celui d'ici, il ne brûle pas, il réchauffe ; il ne fait pas peur, il rassure. Je le regarde crépiter, ça fait comme s'il riait, les étincelles s'envolent et m'envolent avec elles. Les chants graves que l'on chante me rappellent le bel avant, ça me fait mal profond, tant envie de retrouver, mais c'est du triste doux, pas du désespéré. Parce que autour il y a les autres qui sont tout rapprochés, qui sont tous mes amis, mes frères, ma famille.

Après on va se coucher, avec dans les cheveux la bonne odeur de feu dans laquelle on n'a rien fait brûler. Je me sens bien fatigué et content de retrouver ma chambre et mon lit. Je mets mon pyjama, un propre, pas un crasseux, juste à ma taille, fait pour dormir au frais au chaud, pas pour crever en chien.

Et je m'endors doucement presque comme un petit enfant.

Sauf que je n'ai pas de maman…

26

Et ça, je m'en console pas, je m'en consolerai jamais.

Personne, même Donna, ne pourra la remplacer. Pourtant, elle fait tout le travail, pour nous, ces enfants qu'elle n'a pas faits. Elle offre du pain, des soins, la main. Elle sourit quand ça aide, parle mais pas trop, écoute même quand on se tait. Elle donne des forces et réconforte. Elle propose des chemins et protège des démons.

Donna, c'est comme une mère, mais c'est pas ma maman.

Cette maman qui était à moi, elle me manque tellement, je lui en veux tellement !

Pourquoi elle m'a quitté ? Pourquoi elle m'a laissé tomber, tout seul dans le noir et l'effroi ? Quand on est une maman, on n'a pas le droit de se laisser tuer ! Comment lui pardonner de m'avoir abandonné sans rien pour me protéger, nu et perdu dans le cri de l'enfer ?

J'étais pas habitué !

Avec elle je n'avais connu que les bons jours d'avant, que les belles nuits d'enfant. J'étais son petit chéri choyé et adoré. Dans son chaud, je vivais heureux, je m'épanouissais. Elle me donnait tout le bon, des gâteaux, des chansons, des caresses, des histoires, elle me donnait ma vie. Elle était ma laine, ma maison, mon soleil.

Il faisait tellement beau dans le temps de maman… Je ne savais pas que dehors de ses bras, il ferait si mauvais, que ça ferait si mal.

Elle aurait dû m'apprendre à vivre ma vie sans elle, elle aurait dû me prévenir qu'elle ne durerait pas. Je n'aurais pas cru en elle et en sa vie rêvée, et j'aurais eu moins de peine quand elles se sont arrêtées.

Ça ne sert à rien les souvenirs de douceur dans un monde que de douleur, de terreur, de malheur.

Maman ! J'ai eu faim, j'ai eu froid, j'ai eu mal, j'ai eu peur, et tu n'étais pas là ! Souffrir, moi, je savais pas, ni me battre ni mourir. Tu m'avais pas appris à me traîner dans la neige, à manger de la poussière, à coucher sur la terre, à trimer comme une bête, à crever comme un rien.

Je ne sais toujours pas vivre ma vie sans toi pour me tenir.

Dis maman, tu te rappelles comme tu étais belle ?

Moi, je n'y arrive pas. Ils m'ont arraché ma mère et ils l'ont déchirée. Mes beaux souvenirs d'elle sont brouillés, tout gribouillés. Avant de la tuer, ils ont tué sa beauté.

C'était pas elle dans le train, ainsi échevelée. Où étaient ses longues nattes que j'aimais tant tresser ? Je ne reconnaissais pas sa robe, la bleue, tachée et froissée, elle ma fée toujours bien habillée. Elle ne sentait pas bon, elle puait, ma mère si fraîche, ma fleur. Fanée. Ses yeux ne brillaient pas, sa voix ne me consolait pas, ses mains ne m'aidaient pas. Elle regardait en dedans, disait n'importe quoi et serrait comme une folle le petit paquet blanc qui avait été ma sœur. Elle répétait son nom en oubliant le mien, elle la berçait trop fort mais ça servait à rien. Ça faisait des heures qu'elle n'avait plus pleuré, et moi je savais bien que j'avais plus de petite sœur.

C'était pourtant un si joli bébé, avec des joues de soie et un rire plein de perles. Elle s'appelait Lisa, une vraie petite poupée. J'ai presque pas pu y jouer ! Devant elle s'étendait une belle vie prête à vivre. Mais ils lui ont enlevée avant même qu'elle l'essaie, sa belle vie neuve qu'était presque pas usée.

Et moi, j'ai rien pu faire ! Pourtant, en tant que frère, j'aurais dû être son gardien, son ami, son grand, qui lui tiendrait la main quand elle traverserait, qui saurait la défendre quand on l'attaquerait. Mais j'ai pas eu le temps d'apprendre à être un grand frère qui protège sa petite sœur. Je l'ai défendue de rien, j'ai pas su la sauver.

Lisa… Je voudrais oublier, je veux jamais oublier, son visage de portrait, ses boucles qui sentaient bon, ses doigts serrant les miens comme si on n'était qu'un, et sa joue si douce que ma bouche s'en souvient.

De ma sœur il ne me reste qu'un petit sourire parfait.

Mais dans le train, des sourires, il n'y en avait plus. Après tant de temps mort, on est finalement arrivés dans la gare de l'enfer. On nous a fait descendre sur le quai à grands coups de gueule et de bâtons. Partout des soldats et des chiens qui aboyaient pareil. Il faisait encore nuit, depuis combien de jours il faisait nuit ?, et les lampes dures nous écorchaient les yeux.

Dans la panique et les cris, il a fallu se séparer en colonnes, à droite les femmes et les petits enfants, à gauche les hommes et… attends-moi maman ! Je suis encore petit et je suis ton enfant ! Mais de toutes ses forces mon père m'a empêché de rejoindre ma mère, qui se tenait toute perdue, que j'avais déjà perdue.

Je l'ai appelée « Maman ! » alors qu'on l'emmenait. Une seconde seulement elle a pu se retourner et elle m'a regardé.

Ses yeux la nuit me brûlent.

Et puis tout de suite la foule l'a entraînée et je l'ai vue s'éloigner, avec la petite tête de mon bébé qui bringuebalait sur son épaule.

Pourquoi elle la portait alors qu'elle ne pesait plus ? Pourquoi elle m'emmenait pas, moi qui n'en pouvais plus ? Pourquoi elle me laissait là en m'obligeant à vivre ?

Moi, je voulais partir et mourir avec elle !

Mais mon père n'a pas voulu.

Ensemble on l'a regardée qui partait, toute seule avec son paquet, vers les sales cheminées. Ma voix au fond de moi hurlait : « Reviens me chercher ! Reviens au moins me serrer avant de nous séparer ! »

Puis je ne l'ai plus vue, ma mère ne l'était plus.

« Maman ? » j'ai chuchoté dans la nuit qui pleurait.

Finie.

C'est dur, sans au revoir, de pouvoir lui dire adieu.

Au camp, je n'y pensais pas, ou je ne faisais pas exprès. J'avais fermé sa porte, je la laissais plus rentrer. Ça faisait bien trop mal, j'aurais pu me noyer. Il fallait que je reste dur, un mur. Mais depuis qu'on est ici, et surtout depuis Donna, ma mère me revient souvent et je sais pas quoi en faire.

Ça sert à rien de lui parler alors qu'elle ne répond pas, ça sert à rien de me fâcher pour qu'elle revienne sur ses pas.

Il faudrait que j'arrive à lui pardonner de ne pas avoir essayé de m'emmener, de m'avoir oublié sur le quai, de m'avoir laissé en vie, forcé.

Je ne sais pas si un jour je pourrai.

Je l'appelle encore la nuit pour qu'elle soit là.

Pourtant je sais bien qu'elle ne reviendra pas.

Et que, toute ma vie, il y aura en moi un trou là où ma mère m'aimait.

27

Donna, elle ne nous force pas à parler, ni des mamans, ni des camps, ni de rien qui rend fou.

Elle s'approche de nous sur la pointe des pieds et n'essaie pas de rentrer. Elle reste sur le côté, sur le bord de nos vies, à écouter ce qu'on essaie de raconter, à nous laisser pleurer si ça se met à couler, à juste nous regarder quand notre porte est fermée et nos mots étranglés.

Quand on se dit, c'est toujours en yiddish qu'à force elle a appris, à tant nous écouter et essayer de nous parler. Elle sait que notre avant, on ne peut le raconter que dans cette langue-là. Le français, ça ne marche pas, on ne le connaît pas encore aussi bien qu'il faudrait. Pourtant on commence à bien l'aimer. C'est la langue de Donna, même si sa langue d'enfance, c'était l'allemand. Mais elle ne nous le parle pas, ce n'est pas une langue d'enfants. Je crois bien que l'allemand, elle n'en peut plus, ou peut-être qu'elle n'en veut plus.

Parfois, pourtant, elle pose des questions, mais pas des farfouilleuses, juste de petites questions simples, précises et claires, sur la vie qu'on menait et le métier de notre père.

Parce qu'elle a un souci, Donna, c'est quoi faire de nos vies. Pour nous, les petits et les moyens, c'est moins urgent, il nous reste pas mal d'école devant nous. Mais les grands, il faut qu'ils se décident, leur vie n'attendra pas, elle doit commencer vite, et même, c'est tout de suite ! Ils doivent trouver une idée, une voie, un travail à leur taille.

Alors, chacun notre tour, elle nous prend seule à seul et nous demande :

– Qu'est-ce que tu veux faire ?

On sait pas.

Apprendre ? On connaît déjà tout. Aimer ? On n'aime rien, enfin, c'est ce qu'on croit.

Personne n'a d'envie de vie. Quand on s'est vu mourir, on n'a pas de désir, on ne croit pas à l'avenir. On ne peut pas s'imaginer demain, on ne sait pas se rêver.

Donna ne s'énerve pas et elle n'insiste pas. Elle change juste un peu sa question : au lieu de nous demander ce qu'on aimerait faire, elle nous demande ce que faisait notre père.

Et ça, c'est facile comme question, on peut tous y répondre et même avec plaisir. Malgré leur mort indigne, on reste fiers de nos pères.

On se les rappelle debout et magnifiques, mystérieusement occupés, tellement importants, du temps où ils étaient grands, du temps des pères vivants.

Fourreur et docteur, boucher et cocher, avocat et antiquaire, colporteur et imprimeur, violoniste et aubergiste, cordonnier et horloger, professeur et brocanteur, médecin et rabbin, toute la petite ronde des métiers juifs se met à tourner, comme un manège ancien et envolé. Avec, au milieu, le mien : mon père tailleur.

Mon père d'ailleurs…

Mais non, mon père ici !

Car cette phrase « mon père était tailleur » est une phrase magique. Instantanément, pour quelques précieux instants, elle me le rend, vivant, présent. Je le vois penché sur la table en train de dessiner avec la craie blanche que j'ai pas le droit de toucher. J'entends le crisss crisss crisss de ses grands ciseaux qui coupent la lourde étoffe à grosses bouchées. Il y met des épingles, c'est moi qui ramasse celles tombées sur le tapis, et chaque fois il me dit *« A dank, mayn Yankov »* avec un petit sourire qui me rend important. Il bâtit à grands points blancs, ça fait un petit chemin sur le sombre tissu. Assis par terre dans un coin de l'atelier, je lui chante toutes mes chansons pour qu'il ne s'ennuie pas. Puis il s'attelle à sa machine à coudre, ses pieds appuient furieusement sur la plaque, on dirait un cheval en pleine course, on dirait qu'il va gagner ! J'aime bien ce ronronnement, il rassure le soir pour dormir, il accompagne la journée pour jouer. Je me cache dans la boîte des chutes de tissus, ça me fait un petit lit où il se passe des histoires. Et puis, quand il a fini, c'est moi qui enlève le bâti, je tire sur le fil blanc, les points se défont facilement, et d'un coup ça devient beau ! Je sens l'odeur du fer qui chauffe sur le réchaud et celle du tissu humide qui fume. De tout son poids, mon père appuie sur ses bras pour aider le fer à repasser parfait : on dirait qu'il repasse avec son ventre. Et enfin ça y est, c'est terminé, prêt à être livré, la belle veste noire, le grand manteau marron que tous les deux on a faits.

Le voir, l'entendre, le sentir, il ne manque plus que toucher pour le vrai revenir. Mais ça, ça sera jamais, le piquant de sa barbe, la force de sa main, le chaud d'entre ses bras, jamais plus mon papa…

Maintenant que j'ai commencé à me rappeler, je ne peux plus m'arrêter. Comme si la question de Donna avait percé un petit trou par où le passé se mettait à couler goutte à goutte. L'odeur du poulet et des *latkes* de maman, le bruit des pages tournées des livres qu'elle lisait, les berceuses qu'elle chantait, le bain qu'elle me donnait. La synagogue vieillotte où allait mon grand-père, qui sentait la poussière et bruissait de prières. Les jouets du marché, la blancheur du cerisier, l'école du quartier, le piano enchanté. Les cris de mes cousins, la boue sur le chemin, les fleurs du jardin et mon meilleur copain. Toute ma petite vie jolie que je croyais infinie.

À tout le monde, ça fait ça, des souvenirs qui reviennent qu'on croyait terminés. Bien sûr ils nous font mal, mais font aussi du bien. Et ces petites choses là de notre vie d'avant, de nos parents avant, on peut les raconter un peu à Donna sans que ça soit dangereux. Même si c'est déchirant de savoir que plus rien n'est vrai, même s'il fait froid et sombre après quand on se tait, sur le moment, c'est beau.

Donna, elle se rappelle de tout. Pour chacun d'entre nous, elle garde une boîte où elle range les chutes de notre passé. Elle nous aide à trier et à raccommoder. Donna, c'est un tailleur ! Elle tire un fil de notre pelote si emmêlée et elle nous retricote. Elle nous coud nos souvenirs bout à bout, elle reprise nos mémoires. Elle nous rhabille avec des vêtements à nous, du sur-mesure, faits à la main par ceux qui nous aimaient.

Il faisait quoi, son père ?

Et quand on a bien raconté, à elle, à des copains ou rien qu'à nous, elle pose sa deuxième question, qui est :

– Est-ce que tu aimerais apprendre le métier de ton père ?

Est-ce que j'aimerais ?

Être tailleur, moi ? Je ne sais pas.

Mais être mon père, apprendre à être comme lui, oh oui !

Peut-être que je pourrais attraper la main qu'il me tend depuis l'autre côté. Renouer le lien brisé. Retrouver ma place dans sa lignée. Me réenraciner.

Et les autres pareil. On veut tous redevenir le fils de notre père.

Savoir que c'est possible, ça nous donne des idées, ça allume la lumière dans nos pensées. Si on suit ses traces, si on marche dans ses pas, on ne sera plus perdu. Il nous montrera un chemin, nous aidera à avancer. Car on était arrêté et tout était fermé. Mais notre père est un phare rassurant, une ancre solide à laquelle s'accrocher.

Même s'il s'est éteint, même si on l'a coulé.

Il brille encore de loin, toujours il nous retient.

Peut-être qu'on n'est pas complètement noyé ?

28

À la question de Donna, certains répondent oui tout de suite. Ils trouvent ça rassurant de mettre les pieds dans les chaussures de leur père, d'enfiler sa blouse ou son tablier de cuir, de prendre sa sacoche, sa toge ou sa carriole et de partir travailler ainsi protégés.

D'autres hésitent. Ce que leur père faisait leur plaît, mais… ils voudraient plus moderne, ils voudraient plus français. Comme Avram, dont le père était cocher dans les rues de Varsovie, qui se verrait bien taxi dans les rues de Paris. Ou Hersh, avec son père barbier, qui s'imagine coiffeur sur les Champs-Élysées.

Le père de Wolf travaillait dans un bureau et portait une grosse montre dans son gousset. Wolf deviendra horloger : le tic-tac de son père est tout ce qui lui reste.

Et enfin il y a ceux qui disent non. Mais de s'être posé la question, de s'être rappelé le passé, ça libère leurs idées et les aide à s'imaginer.

Donna, qui nous connaît si bien, les conseille, les pousse gentiment dans leur bonne direction.

Le père de Georges était maroquinier, mais lui n'aime pas les ceintures, il préfère les voitures. Il passe son temps à farfouiller dans le moteur de celles qui lui tombent sous la main, à lustrer leur carrosserie comme si c'était un cheval. Pour vérifier que ça lui convient vraiment, Donna l'envoie passer une journée dans un garage. Le soir, il revient badigeonné de la tête aux pieds d'huile de vidange ! Nous, on le trouve dégoûtant, mais lui est tout content : c'est décidé, il sera mécanicien.

Max, bien sûr, va apprendre l'électronique. Depuis son séjour à l'hôtel Lutetia, il rêve de téléphones, il trouve qu'ils sont magiques. Un jour, il trouvera bien quelqu'un à qui téléphoner…

Elie ne veut pas être épicier comme son père l'était. Lui, il ne pense qu'aux livres, il ne pense qu'à penser. Il va continuer à étudier jusqu'à l'université et même encore après. Peut-être que plus tard il sera savant ou écrivain, peut-être qu'il sera prix Nobel !

Et puis il y a le Boucher, qu'on appelle comme ça parce que son père l'était, mais qui aime trop les bêtes pour pouvoir les tuer. Il est doux, le Boucher, malgré ses grosses mains rouges et sa taille de géant. Il ramasse les vieux chiens que tout le monde a abandonnés.

Il répare les oiseaux et donne son pain aux poules. Il passe tout son temps libre avec la vache qui nous donne du lait. Il l'a appelée Donna, j'avais peur que la vraie se fâche mais non, ça l'a fait rire. Il la sort (Donna la vache), lui parle en l'amenant au champ, la trait délicatement et la caresse tellement qu'il la fait briller. Il préfère les animaux aux gens et je trouve qu'il a raison : ils sont plus humains. Il fera fermier, ou peut-être vétérinaire. Mais en tout cas c'est sûr, le Boucher, il sera pas boucher !

Et puis il reste ceux trop morts pour bouger. Mendel qui ne sort jamais de sa chambre sous les toits et répète doucement qu'il n'a plus envie de vivre. Donna le laisse tranquille et ne le force ni à descendre ni à vivre. Simplement la nuit elle passe le saluer, lui apporte à manger, et reste un peu avec lui devant la fenêtre ouverte, à respirer le vent. Un jour, j'espère, il descendra.

Pareil pour Sam, qui a tant de colère qu'il crie et tape partout. Au camp il a dû faire des choses qu'il ne se pardonne pas. Quand il a ses crises de fou, il essaie de se jeter par la fenêtre. Donna ne l'enferme pas, elle ne le fait pas hospitaliser. Elle le laisse juste crier jusqu'à ce qu'il n'ait plus de voix, et pour le protéger elle l'a installé dans une chambre au rez-de-chaussée. Pour lui, on ne sait pas, peut-être qu'un jour il se tuera, ou bien il se calmera et essaiera de revivre. On verra.

Maintenant, tôt le matin, on est réveillés par tous ceux qui doivent prendre le train pour Paris, apprendre leur métier dans une école ou un atelier. On les entend s'activer et se presser. Nous, pas besoin de nous lever, on a l'école ici. On se rendort tranquillement au milieu de leur bruit important et rassurant, leur bruit de vie. Ça fait un peu envie. Un jour nous aussi, on ira à Paris…

Un jour qui est aujourd'hui !

Des grands ont décidé d'y emmener quelques petits, et j'en fais partie. D'abord on prend le train, mais ça je connais bien. Après, on descend dans le métro, tout fermé sous la terre et qui roule comme un fou. Ça sent bon le citron et les grosses machines. Il y a plein de gens qui circulent d'un air très affairé, nous aussi on en est, on fait partie de Paris.

On arrive au cinéma et moi, j'avais jamais vu ça ! Une grande salle de velours avec des fauteuils de roi, la lumière s'éteint et une histoire s'allume, pleine de bruit et de vitesse. Tout le monde sur l'écran est grand, surtout les méchants, et il y a de la musique qui fait battre le cœur et donne envie de danser, de crier, de pleurer, qui fait rêver. Quand on sort, il fait nuit et on rentre au château sans trop parler, plutôt sonné. J'ai l'impression qu'il m'est arrivé plein de choses, alors qu'il ne m'est rien arrivé : tout était dans le ciné. Mais j'ai beaucoup aimé, vivre leurs aventures sans danger, aimer des gens qui n'existent même pas, voyager sans bouger, avoir peur pas en vrai.

Maintenant une fois par mois, parfois plus quand on peut, on retourne à Paris. Plus besoin des grands, on y va à plusieurs petits et on ne se perd pas. On prend la ligne Château de Vincennes-Neuilly dans les deux sens, à l'endroit, à l'envers, tellement on la trouve chouette. On va au Gaumont Palace, qui est un cinéma permanent, on y entre quand il est deux heures et on sort à six heures. On pourrait encore plus, de midi à minuit, on pourrait rester dans le film toute la vie. Mais on ne le fait pas, Donna serait furieuse qu'on oublie de rentrer, surtout qu'il n'y aurait plus de train et qu'on serait bloqués. C'est la seule personne qui tienne un peu à nous, alors on veut pas l'inquiéter.

Les films que je préfère, ce sont les plus comiques, *Le Dictateur* avec Charlie Chaplin, les films des Marx Brothers qui me font tellement rire que j'en tombe de mon siège à moitié étouffé. C'est tous des films américains, mais ils nous apprennent le français. Comme on les voit plein de fois, on s'en souvient très bien.

C'est facile de retenir quelque chose qui a fait rire.

Mais Paris, il ne fait pas que nous recevoir, il vient aussi chez nous.

Un jour est arrivé au château un grand gars dégingandé qui s'appelait Israël. Il ne venait pas des camps mais y avait tout perdu. C'était un musicien qui était orphelin. Dans sa vie, il n'y avait plus que le piano. Il voulait en faire son métier et entrer au Conservatoire de Paris. Mais pour y arriver, il devait jouer jour et nuit et personne n'acceptait de lui louer de chambre. Alors il est venu chez nous et a demandé à Donna.

Elle a dit d'accord mais à une condition : qu'il nous donne un concert une fois par semaine. Ça serait ça son loyer.

Il s'est installé dans une pièce toute sale au-dessus de l'écurie qui est notre garage. Il l'a bien nettoyée puis repeinte en blanc, et son piano s'y est installé.

Et Israël a joué.

Et nous, on écoutait.

Tous les mercredis soir, maintenant, on a concert et personne ne veut le rater. Parce que quand Israël joue, le mal s'arrête, la beauté nous submerge. La petite chambre déborde de notes et nos cœurs d'émotion. Tout le monde ne peut pas y entrer, il y en a qui doivent rester en bas dans l'écurie ou dehors sous les fenêtres. Moi j'essaie toujours d'être le premier, parce que j'aime le regarder, quand ses mains s'envolent et que la musique l'emporte. Alors je pars avec lui.

Entre les morceaux, il s'arrête de jouer et se met à parler, et c'est presque aussi bien. Je ne savais pas que la musique, ça se raconte et s'explique. L'autre jour il nous a parlé de Bach et de ses thèmes qui reviennent. J'ai pensé aux gens que j'aime, et je me suis dit, c'est vrai, même si c'est triste, c'est plus beau quand ils me reviennent.

Une fois il a essayé de nous expliquer l'opéra, il jouait des airs et chantait avec plein de voix pour montrer. Ça a donné une idée à Donna. En secret, elle a pris des billets pour toute une rangée dans la galerie la moins chère, et on est allés à l'Opéra. On était dans un rêve, ça faisait presque trop : la salle de roi, la musique partout, des voix si grandes qu'elles faisaient frissonner, une histoire terrible tellement bien présentée qu'on y croyait. L'opéra de ce soir-là, il m'a bien fait rêver.

Et puis d'autres gens viennent chez nous, de plus loin que Paris. Les sœurs de Naftali sont un jour arrivées, avec une petite valise et un sourire timide. C'est grâce aux listes qu'elles l'ont retrouvé. Cela faisait deux ans qu'ils étaient séparés, elles cachées en Hongrie et lui déporté. Ils se croyaient morts. Au début, Naftali a pleuré, il ne supportait pas de les regarder. Mais il s'est habitué à ce bonheur inespéré, et elles sont restées.

Elles apprennent la couture dans une école à Montreuil. Elles sont revenues un soir avec deux de leurs amies, et Donna les a elles aussi acceptées. Maintenant elles vivent ici, au milieu de plein de garçons, et tout le monde est content. Elles parce qu'elles ont une maison, et nous parce qu'on a des sœurs prêtées.

On aime les regarder, ça lave les yeux, tout ce joli. Pour shabbat elles mettent du mouillé sur leurs nattes pour les lisser, et de petites robes fraîches. Il y a quatre fleurs au dîner.

Mais en fait, non, tout le monde n'est pas content. Une lettre est arrivée disant que ce n'était pas correct, qu'elles allaient devoir partir dans une maison de filles. Donna leur a montré les lettres et, sans rien dire, elles sont montées faire leur valise, puis elles sont redescendues pour le déjeuner. Elles ne disaient toujours rien, mais pendant qu'elles mangeaient, il y avait de grosses larmes rondes qui roulaient sur leurs joues et tombaient dans leur assiette, comme des perles de chagrin. Alors Donna s'est levée et leur a annoncé :

– Allez défaire vos valises. Vous restez.

29

Mais d'autres vont partir.

Parce que des lettres arrivent, pour ceux qui ont un reste de famille qui veut les retrouver. Il faut les aider à faire tous les papiers, à acheter le billet pour le bateau qui les emmènera loin, à New York, au Mexique, essayer de recommencer une vie.

Mais moi, j'ai plus rien comme famille.

Il y a aussi ceux qui préparent leur départ en Palestine, dans ce vieux pays neuf qu'ils veulent ressusciter, celui qui était promis et qu'on avait perdu. Si on l'avait gardé, il serait venu nous chercher et nous aurait sauvés. Peut-être que je pourrai aider à le regagner et à le reconstruire. Si j'y vais, si on gagne, plus jamais on me chassera, et je pourrai vivre en paix avec des gens comme moi.

Et comme il n'y a que du soleil, je n'aurai plus jamais froid !

Mais pour l'instant, je reste là, je pars pas, trop petit, pas prêt. Besoin de passer encore un peu de temps dans la maison de Donna.

Donna qui m'a sauvé, qui nous a tous sauvés.

Nous étions condamnés, de pauvres emmurés. Mais elle ne nous a pas abandonnés dans notre prison, elle n'a pas écouté ceux qui disaient qu'il n'y avait pas de clés. Patiemment, elle a gratté les pierres jusqu'à ce qu'elles s'effritent et que le mur s'écroule. Puis elle a attendu, main tendue, au milieu de nos ruines, qu'on soit prêts à sortir, et nous a doucement tirés vers la lumière. Et sur nos visages de pierre, la mousse a repoussé.

C'est simple, ce qu'elle a fait, mais ça a tout changé. Elle nous a réappris à manger, dormir, parler et jouer, et redonné le droit de rêver et de nous souvenir.

Mais elle ne s'est pas occupée que de nous tous : elle s'est aussi occupée de chacun, chaque un d'entre nous. Elle nous a rendu notre nom, notre visage, notre famille, notre mémoire, et un petit peu d'espoir.

Parce qu'elle nous faisait confiance, ça nous a redonné confiance. Nous, les bêtes sauvages, elle nous a apprivoisées. Nous n'arrivions pas à sortir de la guerre, mais elle a ramené la paix et nous a réconciliés avec l'humanité.

Un petit peu.

Donna, jamais je n'oublierai ton regard bienveillant, ton écoute respectueuse et ta grande foi en moi. Merci de m'avoir sorti du camp, trouvé quand j'étais perdu nulle part, et redonné une maison et mon âme.

Mais Donna, elle répond que le vrai merci, c'est pas celui qu'on dit, c'est celui qu'on prouve. Pour elle, la récompense, c'est qu'on réussisse nos vies.

Déjà j'ai pris courage et j'ai décidé de retourner à l'école du village. S'il faut que je m'y batte, je m'y battrai. Sinon, j'apprendrai, le plus possible et le plus vite possible. Pour…

… quoi ? Je ne sais pas, je ne sais tellement pas ! Je suis libre et je suis seul, et les deux me font peur. Il n'y a personne qui m'attend dans la vie qui m'attend, et tant de bien à faire, mais tant de mal à vaincre, devant, dedans, derrière.

Je le connais, le mal, j'ai habité chez lui. Je sais qu'il n'est pas fini, qu'il ne sera jamais fini. Je l'entends haleter, tapi dans l'ombre, comme une bête cruelle, prêt à me sauter dessus et à me dévorer.

Je sais qu'il faut que je sois plus fort, que je dois regarder devant et laisser le mal derrière. Mais hélas, je crois pas que j'y arriverai…

J'ai vu les pères tomber, les mères s'en aller et les enfants brûler. J'ai vu la fin du monde. Comment oublier ?

Et comment me pardonner d'être vivant quand tous ceux que j'aimais ont été massacrés ? Qu'est-ce qu'ils avaient fait, qu'est-ce que je n'ai pas fait ? Pourquoi eux disparus et moi tout seul resté ?

Je devrais pas être là sans pouvoir partager. C'est pas juste et je veux pas toute une vie et pas eux.

Mais si je me dis ça, je pourrai pas avancer. Il faut que je laisse tomber le rideau, que j'arrête d'espérer qu'ils reviendraient enfin, que ça serait pas vrai. Il faut que j'arrête de tant me désespérer. Sinon je crois que j'en mourrai.

Et ça, j'ai pas le droit. Je dois continuer pour eux, vivre ma vie à moi plus leur vie à eux. C'est ça que mon père voulait, pour ça qu'il m'a sauvé, mille fois porté, sans cesse protégé. Et ma mère aussi, son regard noir disait : Vis, mon fils, va, et souviens-toi de moi.

Alors je me souviens…

Et doucement je dérive de l'avant à l'après, et je me laisse aller à rêver à l'avenir.

C'est un bon rêve chaud, avec une nouvelle famille que je ferai pour plus être abandonné. J'aimerai une belle femme et je l'épouserai. Nous aurons des enfants et les ferons pousser grands. Je travaillerai dur pour les nourrir beaucoup. On voyagera partout, sauf à l'Est maudit. On aura une maison jolie et toute fleurie.

Et je les aimerai tellement que je les quitterai jamais.

Seulement, toute ma vie je tremblerai qu'on vienne m'arracher tout le bon que j'aurai ramassé. Qu'on me jette ma femme, qu'on m'écrase mes enfants, qu'on me brûle ma maison, qu'on me traîne dans la boue, qu'on me frappe, qu'on m'affame, qu'on m'épuise et que je meure de chagrin.

Toute ma vie j'aurai peur qu'on me reprenne ce que j'aime, toute ma vie j'aurai peur de perdre ceux que j'aime.

Est-ce que je resterai toujours suspendu, entre l'avant et le présent, tremblant au-dessus du gouffre grouillant qui hurle et me dévore ? Pauvre petit funambule trébuchant sur un fil, retenu à un bout à mes chers souvenirs, accroché à l'autre bout à mon fragile avenir.

Parfois, moi, j'ai pitié de moi...

Parce qu'il n'y a rien à faire contre la guerre qu'ils m'ont faite. Même s'ils l'ont perdue, elle m'a quand même gagné. Je sais bien que j'aurai toujours faim, avec plein à manger. Je serai toujours abandonné, avec plein de gens à aimer. Mes nuits seront un cauchemar toujours recommencé. J'aurai toujours peur de me faire arrêter. Déporter. Gazer. Brûler.

Ma guerre ne s'arrêtera jamais.

Mais je veux quand même essayer de profiter un peu de ma petite paix…

Épilogue

Je commence maintenant.

- :- :- :- :- :- :- :- :- :- :-

Postface

Yankov est l'un des mille enfants juifs découverts le 11 avril 1945 par l'armée américaine à son entrée dans le camp de concentration de Buchenwald (en Allemagne). Squelettiques, mourant de faim, seuls au monde, ils n'avaient presque plus rien d'humain.

Ces enfants perdus, sacrifiés, ont pourtant, après un long et douloureux parcours, retrouvé l'envie de vivre et sont devenus des hommes. Parce qu'ils ont rencontré de la bienveillance, parce qu'on leur a fait confiance, parce qu'ils se souvenaient d'avoir été aimés, ils ont réussi à s'éloigner de l'enfer et à réintégrer l'humanité. L'un d'entre eux est même devenu prix Nobel de la paix...

Dans ce roman, j'ai voulu raconter leur histoire.

Bibliographie :

Les Enfants de Buchenwald, de Judith Hemmendinger (éditions Favre, 1984).

Judith Hemmendinger était la directrice bienveillante d'une des maisons d'enfants de l'OSE (Œuvre de secours aux enfants) qui ont accueilli ces enfants en France.

À la vie ! Les enfants de Buchenwald, du shtetl *à l'OSE*, de Katy Hazan et Éric Ghozlan (éditions Le Manuscrit, 2005).

Sommaire

Prologue.......................... 7

I. LE CAMP........................ 9

II. NULLE PART 43

III. LA MAISON.................. 87

Épilogue......................... 147

Postface 149

Derniers titres parus aux éditions Thierry Magnier

Collection « Romans »

Cavalcades
de Florence Thinard
Dernière chance pour quatre ados qui doivent passer l'été au centre équestre du Clos Vert. C'est ça ou le centre éducatif fermé. Félix, le petit fils d'Amédée et Suzanne, qui y est pour les vacances comme chaque année, se sent envahi par ces ados mal élevés et qui ignorent tout des chevaux. Mais le centre est au bord de la faillite à cause d'un concurrent malhonnête. Lorsqu'ils l'apprennent, les ados se démènent pour trouver des solutions, et, des idées, ils en ont.

Je suis l'idole de mon père
de Arnaud Cathrine
Avoir un père auteur jeunesse dont les romans s'inspirent directement de votre vie est tout à fait insupportable pour Doriand. Aussi pour les vacances d'été, son père et lui ont passé un pacte de non agression. Mais c'est dans cette station balnéaire qu'habite la famille du père, avec laquelle il a rompu depuis longtemps. Quand Doriand l'apprend, il va forcer la porte de la belle demeure pour comprendre d'où vient son père et pourquoi il ne dit rien de ce temps-là. Pourtant il y aurait de quoi faire un beau roman...

Jusqu'au bout du secret
de Marianne Rubinstein
Arrivé de Brest à Paris pour son entrée en sixième, Jules se lie d'amitié avec son voisin de palier, le vieux M. Langman. Quand il apprend que son père n'a pas disparu au milieu de l'Atlantique et que sa mère lui a menti, il se prend à rêver de le retrouver, à l'autre bout du monde...

Le Jour d'après
de Christophe Léon
Tilly déserte la maison pour fuir son père, Fred a fait du métro son terrain de jeux favori.
Ils ne se connaissent pas ; un jour Fred va prendre sa défense contre un homme trop entreprenant. Et les voilà embarqués dans une cavale, la police aux trousses.

Cette fille a du style
de Marie-Sophie Vermot
Damienne rêve de travailler dans la mode. Sa mère lui trouve LE bon plan : un stage chez la jeune et prometteuse styliste Tosca della Valle. Cette fois, c'est certain, elle a trouvé sa voie.

Ça déménage au 6b
de Muriel Zürcher
Chronique joyeuse d'un immeuble et de ses habitants, où une mère bourgeoise se révèle rebelle, son fils cancre dévoile ses talents,

le vernis de sa grande fille parfaite se craquelle et où l'on assiste à la naissance, très rare, d'une portée de mygales, très attendrissante.

Le jour où on a retrouvé le soldat Botillon
de Hervé Giraud
Le soldat Botillon part à la guerre de 14 et se retrouve au front sans rien comprendre de ce qui lui arrive. Cent ans plus tard une réunion de famille célèbre l'anniversaire de leur aïeule, la fille du soldat Botillon, qui n'a jamais connu son père disparu lors des combats.

Adrien et le train des abysses
de Simon Second
Pour son anniversaire, Adrien reçoit un billet de train La Rochelle-New York. Embarquement pour une grande aventure sous-marine avec Maëlys, la petite fille intrépide du commandant. Des incidents mécaniques se répètent, n'y aurait-il pas un traître à bord ?

Les Ailes de la Sylphide
de Pascale Maret
La Sylphide, c'est un elfe des bois doté d'ailes translucides. La Sylphide, c'est aussi un ballet dont Lucie rêve de danser le rôle-titre. Mais à trop vouloir incarner ce personnage, Lucie finit par constater sur elle les symptômes d'une étrange métamorphose...

La Tête dans les choux
de Gaia Guasti
Ah le retour à la terre ! Le charme de la campagne, les délices des bains dans la rivière glacée, voilà ce que les parents de Margotte ont décidé de vivre en s'installant dans un hameau de dix-sept habitants, en Ardèche. Pourtant, très vite, Margot va comprendre que même dans un village perdu, il reste des mystères à élucider.

Des étoiles au plafond
de Johanna Thydell traduit du suédois par Agneta Ségol
Tout allait bien pour Jenna, quand sa mère est tombée malade. Et franchement, gérer le quotidien, les courses, les repas, le ménage, ça n'a rien de drôle. Heureusement il y a Susanna, sa meilleure amie, celle avec qui elle peut fantasmer sur Sakki et partager sa haine pour sa voisine Pénélope, pourtant adulée par tous au collège.

Meilleur jeune espoir féminin
de Marie-Sophie Vermot
Fille de l'employée de maison, Damienne passe ses vacances dans la grande demeure des patrons, au bord de la mer. Exaspérée par sa situation, elle se transforme en Isild, fille de bonne famille, pour les copains rencontrés sur la plage. Difficile de mentir alors que tout le monde se connaît dans cette petite station balnéaire, même quand on a un vrai talent de comédienne...

De l'autre côté de l'île
de Allegra Goodman, traduit de l'anglais (Etats-Unis) par Jean Esch
Sur l'île 365, tout est très bien organisé, chacun obéit strictement aux règles définies par la Mère Nourricière qui a su dompter la nature et le climat, mettant à l'abri la Communauté. Oui mais à l'abri

de quoi ? Et qu'arrive-t-il si on refuse d'être comme tout le monde, si l'on est trop curieux ? Honor, après avoir tout accepté, va poser trop de questions...

L'Ombre d'un père

de Florence Cadier

Gary vit seul avec Nicole, sa mère, à Wellington en Nouvelle-Zélande et ne sait rien de son père. Obstinément et malgré les demandes répétées et insistantes de son fils, Nicole ne veut rien dire. Gary promène sa mélancolie et sa sourde révolte, obsédé par ce qu'il pense être un secret honteux. Aussi lorsqu'un soir, dans un bar, une jeune Française l'aborde en lui disant qu'elle sait des choses sur son père, Gary est bouleversé. Mais rien ne se passe comme prévu.

La Tête au ciel

de Régine Detambel

À l'âge de cinq ans, Lola a dû suivre sa mère au Canada, et les liens se sont peu à peu distendus avec Philippe, son père, resté en France. Dix ans plus tard, Lola parle avec l'accent québécois, a quasiment oublié le vieux continent. Mais l'été qui vient, elle décide de le consacrer aux retrouvailles avec celui qui a choisi de vivre de manière spartiate auprès des pigeons qu'il élève, loin de tout. L'amour aidant, père et fille vont retisser une complicité faite de respect et de tendresse prudente.

Là où je vais

de Fred Paronuzzi

Il suffit parfois de 3300 secondes pour que tout bascule. Léa, Ilyes, Clément et Océane, élèves au même lycée, vont en faire l'expérience. Ils se connaissent à peine mais ce jour-là, le temps d'un cours, chacun verra sa vie transformée. Quatre voix d'adolescents à la croisée des chemins.

Qui va loin revient près

de Christophe Léon

Kinsangani, République démocratique du Congo, 2004. Kimia, neuf ans, est confiée à un passeur pour rejoindre Paris où elle doit être « adoptée » par un couple de bourgeois. Mais la petite fille va passer huit ans recluse dans un très bel appartement où elle sera bonne à tout faire. À dix-sept ans, Kimia s'enfuit, elle se retrouve à la rue sans argent ni papiers dans un Paris qu'elle découvre...

Pieds nus dans la nuit

de Marjolaine Jarry

Louise, Tom, Claire et Baptiste sont inséparables. Ensemble, ils croient pouvoir tout affronter. Jusqu'au jour où Claire, happée par son mal-être, est hospitalisée. Louise se bat pour que ses amis restent soudés, pour que rien ne change. Il faudra à Louise beaucoup de courage et pas mal d'imagination pour faire la paix avec ses souvenirs et laisser une chance à demain.

La Vérité crue

de Patrice Favaro

Jésus passe son premier été seul loin de ses parents, dans la ferme de sa grand-mère. Un soir, il s'enfuit avec Angélina, une voisine de son âge un peu perdue et solitaire. Dans leur échappée, ils vont croiser Élie qui les prendra sous son aile et les conduira dans la montagne jusqu'à un refuge qu'il connaît bien. C'est là que vont se révéler les blessures cachées des uns et des autres.

Le cœur n'est pas un genou que l'on peut plier
de Sabine Panet et Pauline Penot
Ernestine n'a pas la langue dans sa poche, elle se voit déjà comédienne sur les planches d'un grand théâtre parisien ! Awa, sa grande sœur, prépare son bac français. L'avenir est devant elle, mais son père a décidé de la marier cet été, au Sénégal. Les femmes de la famille vont unir leurs forces pour soutenir la jeune fille.

Les Autres Shepard
de Adele Griffin traduit de l'anglais (États-Unis) par Valérie Dayre
Holland et Geneva, les sœurs Shepard, sont très proches l'une de l'autre. Leurs parents, plus très jeunes, sont assez distants. Annie, une mystérieuse artiste-peintre, va faire irruption dans la vie aseptisée des deux sœurs et leur ouvrir un monde plein de couleurs et de vie.

La Véritable Histoire d'Harrison Travis, hors-la-loi, racontée par lui-même
de Pascale Maret
À seize ans, Harrison abandonne l'école et choisit la liberté, campant dans la forêt, squattant les villas inoccupées, piquant de quoi se nourrir ou se distraire. Son rêve : s'envoler aux commandes d'un des avions qui font la navette entre l'archipel et le continent.

Réveille-Martin
de Youri De Paz
Martin vit vraiment dans une famille loufoque. Son père ne comprend rien à rien, sa sœur le suit partout du matin au soir, et leur mère est partie à l'autre bout du monde. Martin soigne tous les animaux qui croisent son chemin. Comment faire appel à l'imaginaire pour échapper à une réalité moins drôle...

La Faute de Rose
de Florence Cadier
Quand Rose a rencontré Sean, elle était sûre que ses parents béniraient leur mariage. Mais il n'en est pas question, Sean est un étranger, orphelin. Alors les deux amoureux s'enfuient. Rattrapée par la police, Rose est enfermée dans un couvent. Toutes les jeunes femmes qui ont fauté sont condamnées à y finir leurs jours.

Encore heureux qu'il ait fait beau
de Florence Thinard
Personne ne comprend ni pourquoi ni comment la bibliothèque Jacques-Prévert se retrouve à voguer sur l'océan. À bord, le directeur, la bibliothécaire, un prof de technologie, la sixième F au complet, et Saïd l'infernal. Une fois l'incroyable admis, il faut s'organiser.

La Randonnée
de Christophe Léon
Quoi de mieux qu'une randonnée pour réconcilier cinq adolescents

en rupture avec la vie. Jeff, l'éducateur, en est persuadé. Le projet est alléchant, Jennifer, Lisa, Mariam, Damien et Lukas quasiment enthousiastes. Mais Jeff disparaît, et tout devient inquiétant...

La Petite Terreur de Glimmerdal
de Maria Parr traduit du néo-norvégien par Jean-Baptiste Coursaud
Tonje, dix ans, est la seule enfant du village. Son meilleur copain, Gunnvald, a soixante-douze ans. Ensemble ils fabriquent des bobsleighs pour dévaler la montagne à toute blinde en hurlant leur joie et leur trouille. Un jour Gunnvald reçoit une lettre qui le bouleverse, aurait-il un secret pour sa jeune amie ?

Mon père est américain
de Fred Paronuzzi
Fruit d'un amour de passage, Léo ne sait rien ou presque de son père. Tout au plus un prénom et qu'il est américain. Claire, sa mère, ne lui a jamais avoué qu'elle entretient en secret des liens réguliers avec lui. Difficile de dire à son fils que son père est en prison. Mais Léo découvre la vérité.

Revolver
de Marcus Sedgwick traduit de l'anglais (Grande-Bretagne) par Valérie Dayre
1910. Sig est seul dans une cabane au nord du cercle arctique. Son père est tombé dans un lac gelé, sa sœur et sa belle-mère parties chercher de l'aide. Un étranger survient, menaçant, réclamant le magot d'or volé...

Moi, mon frère et le nouveau
de Martha Heesen traduit du néerlandais par Emmanuèle Sandron
Les parents de Jan et Toon sont famille d'accueil. Les deux enfants biologiques vivent ces intrusions chacun à leur manière. Chaque arrivée dans la famille est l'occasion d'anecdotes tendres ou cruelles, drôles ou dramatiques.

Les aigles ne tuent pas les mouches
de Luc Baba
Avant ce matin-là, Zoé allait son chemin tranquille. « Tu as reçu quoi pour tes quatorze ans ? – J'ai appris que j'étais laide. » Elle le sait grâce à Walter, son premier amour impossible. Elle décide alors de créer un club de moches, et trouve des volontaires !

Mayo ketchup ou lait de soja
de Gaia Guasti
« Beurk, elle pue ! » Voilà le sort d'Élianor réglé en un instant dans la cour de récréation. Mais elle s'en fiche, Élianor, elle cultive sa différence. La preuve, elle a volontairement banni sucre, viande et lait de vache de son alimentation. Pour gagner son amitié, Noah est prêt à rallier sa cause.

Le Cantique des elfes
de Myriam Chirousse
Dans *Ultramonde*, Lady Kerridwen rencontre Lupus Negrus, un personnage très séduisant. Jessica, dans la réalité, ne vit plus que pour les mails enflammés de Lupus Negrus et leurs rendez-vous au château

d'Osgarth. Jeu en réseau, amour virtuel ou réel, lequel est le plus exaltant ?

Quand un amant passe
de Mats Wahl traduit du suédois par Agneta Ségol et Marianne Ségol-Samoy
Tom ne se sent plus compris par personne. Le voisin, Karl Berger, un vieil Allemand au passé obscur, lui demande de l'aider à entretenir son jardin. Il semble bien connaître sa famille et, pourtant, sa mère ne veut pas en entendre parler. Tom est animé de sentiments violents et contradictoires qui vont bouleverser sa vie, celle de sa famille.

Camille aime pas danser
de Marie-Sophie Vermot
Anastasia dévore la vie à pleines dents. Camille est plus jeune, plus réservée. Elles sont sœurs et vivent avec leur mère dans une maison perdue au bout d'une presqu'île. Après une aventure d'un soir, Anastasia n'arrive pas à s'avouer qu'elle est enceinte.

Vert jade rouge sang
de Pascale Maret
Ko Myo va retrouver son frère Naing Lin, parti chercher fortune dans les mines de jade, loin de Rangoon. Après un long trajet, Ko Myo le retrouve en piteux état. Le travail dans la mine est épouvantable, les conditions de vie terrifiantes.

Comme chiens et chats
Collectif
Neuf nouvelles sur le thème des relations fraternelles avec des sensibilités, des registres différents, des histoires qui puisent souvent dans la biographie revisitée des auteurs.

Marre de l'amour
de Maud Lethielleux
Des parents qui s'aiment, se tiennent la main, roucoulent les yeux dans les yeux, tous les enfants en rêvent ! Pas si sûr, Pierrot lui, n'y voit que des inconvénients. Avec ses copains, il va tenter de faire « désaimer » ses parents.

Ces années blanches
de Julie-Jacob Cœur
Marie, sa vie, elle l'aimait bien. Mais à la maison rien ne va. Rose, la faute à Rose, sa sœur aînée, qui n'en finit pas de s'égarer, de plonger dans les embrouilles. Après des années de compassion, Marie en a assez, elle veut vivre sa vie d'ado.

L'Interrogatoire de Gabriel James
de Charlie Price traduit de l'anglais (États-Unis) par Valérie Dayre
Témoin de deux meurtres, Gabriel James doit s'expliquer devant la police. Oui, il était amoureux d'une fille et n'acceptait pas d'être éconduit, mais pourquoi cela a-t-il déclenché une série de drames, ébranlant toute la petite ville ? Les policiers veulent tout savoir, tout comprendre.

Tifi en Haïti
de Valérie Lacroix
Après le tremblement de terre qui a ravagé son île, Starling a trouvé un semblant de paix avec Monsieur Neptune. Aussi elle n'a pas envie de recevoir les lettres de Lucie qui lui écrit de France.

Ultraviolet
de Nancy Huston
Dans son journal, Lucy écrit tout ce qu'elle ne peut pas dire à haute voix. À treize ans, les idées se bousculent dans sa tête et les sensations dans son corps. L'arrivée du docteur Beauchemin à la maison lui offre un interlocuteur troublant.

Comment je suis devenue flic
de Anne et Marine Rambach
Alice a deux choses à dire à sa mère pour fêter l'anniversaire de ses quinze ans. Un : le Muffin Palace fait les meilleurs muffins du monde. Deux : elle veut devenir flic.

Un cargo pour Berlin
de Fred Paronuzzi
Elle s'appelle Nour – Lumière, en arabe – et elle porte bien son nom. Quand elle succombe au charme envoûtant d'Idriss, elle ne se doute pas, alors, qu'aimer peut être une faute... Il lui faudra fuir, pourtant, devenir Youness.

Tout le monde est une idole
de Marie-Sophie Vermot
Matthias Vernier ne sera plus jamais le même. Mademoiselle Prince est morte, avec elle les 28 autres élèves de la seconde 4. Il est le seul rescapé. Oublier, refuser le chagrin, Matthias part au sud de l'Italie, chez ses grands-parents.

Coline, 17 ans, dans la rue
de Valérie Lacroix
Coline en a marre de tout. Alors elle se casse, disparaît, s'enfuit. Elle apprivoise les rues de Lyon avec son chien qui la protège, et refuse tout lien avec sa vie d'avant. Elle sait bien que cela ne durera pas mais cette « vacance » sociale lui est nécessaire.

Jean II le Bon
de Fabrice Vigne
Quatre ans après l'écriture de Jean Ier le Posthume, Arthur, Stan et Elsa feraient bien un autre roman plus conséquent mais dans la même veine, celui de Jean II le Bon. Les voilà partis pour de longues conversations où chacun défend âprement sa vision de la littérature.

Granpa'
de Christophe Léon
Depuis ses sept ans, John vit avec son grand-père et partage ses convictions. Quand il s'agit de lutter contre l'Arizona Oil Company pour préserver les terres de Granpa', John ne réfléchit pas.